L'âne amoureux
et autres nouvelles

MARSAM

© **Editions Marsam - 2018**
Ateliers : 6, rue Ahmed Rifaï
(Près place Moulay Hassan ex. Pietri) Rabat
Bureaux : 15, avenue des Nations Unies - Rabat
Tél : 05 37 67 40 28 - Fax : 05 37 67 40 22
E-mail : marsamquadrichromie@yahoo.fr

Compogravure flashage
Quadrichromie

Impression
Editions & Impressions Bouregreg - Rabat

Dépôt légal : 2018MO0783
I.S.B.N. : 978-9954-744-19-2

Couverture
oeuvre de Kalmoune Abdelhamid
Technique mixte sur toile, (détail)
Collection de la galerie Marsam

Laabali M'hamed

L'âne amoureux
et autres nouvelles

MARSAM

Remerciement

*Je voudrais remercier chaleureusement
Madame Annie Devergnas,
qui m'a aidé à finaliser ce travail.
Je remercie également mon cher ami Bouchaib Fariji,
qui m'a encouragé à écrire ces petites nouvelles.*

A Fatiha, Issam, Selma et Meryem.

L'âne amoureux
I.

Je n'ai jamais pu comprendre l'origine de ma fascination pour la race asine. Maintenant que je suis vieux, je m'acharne encore à trouver une explication rationnelle à cet amour. Je ne peux passer devant cette bête sans m'arrêter pour l'admirer et lui témoigner ma sympathie. Je me demande pourquoi cet animal, si tendre et tellement serviable, se trouve honni par notre religion musulmane.[1]

Nous vivions à la campagne. Mes parents étaient très pauvres. Le seul bien précieux que nous possédions et dont toute la maisonnée était fière consistait en un gentil petit âne, facile à monter, et farouchement convoité par mes neuf frères et sœurs. On le voyait rarement paître paisiblement. Chaque membre de la famille trouvait un prétexte pour monter sur son dos et l'emmener « brouter l'herbe ailleurs ».

Mon père avait déniché cette pièce rare pour « une bouchée de pain » selon ses dires, ce qui signifiait dans notre jargon à nous, que quelqu'un voulait s'en débarrasser et que le hasard avait choisi mon père pour qu'il soit l'heureux élu qui la récupèrerait. Dès son arrivée à la maison, excités, mes frères et sœurs avaient fêté ce nouveau membre de la famille comme il se devait avant de le baptiser « P'tit Bleuet » ; bien que la couleur de sa robe fût grise.

---

[1] « Les ânes, les femmes et les chiens noirs invalident la prière » (Hadith rapporté par Abou Dahrr). « Sois modeste dans ta démarche, et baisse ta voix, car la plus détestée des voix, c'est bien la voix des ânes » (Coran, 31/17-19).

Malheureusement, à cette l'époque-là, il n'y avait pas encore dans notre pays d'appareils photos pour pouvoir immortaliser cet événement. Mes parents ne voulaient pas qu'on accorde une grande importance à cette « bourrique, symbole de la bêtise et de l'ignorance ».

Mais malgré leurs sévères remontrances, P'tit Bleuet prit une valeur exceptionnelle à mes yeux, surtout depuis le jour où il me permit de faire la connaissance de la jeune et très belle Fatma, notre voisine.
Personnellement, je ne prédisais pas cette contribution, ô combien délectable, de la part de notre petit âne.[2]

Fatma vivait dans une petite hutte entourée de cactus tout près de chez nous. Sa maman, Aouicha, répudiée pour n'avoir pas répondu favorablement aux appels incessants de Abdel Moula, son ex-mari, qui voulait satisfaire le besoin le plus ardent avant de partir au souk hebdomadaire, fut donc sévèrement rossée et congédiée sur le champ, elle et la petite Fatma.

Heureux d'avoir accompli consciencieusement son devoir de mari musulman envers sa femme, et satisfait de cette raclée qui le dédommagea, tant bien que mal, d'un délicieux orgasme matinal, Abdel Moula prit sa mule et se dirigea vers le souk.

Pour éviter ce genre de crise, et étant riche, il « s'acheta » quinze jours plus tard trois femmes d'un seul coup, car il n'était pas prêt d'oublier la déconfiture qu'il avait essuyée le jour où il partit surexcité au souk en parlant tout seul.
(Je me permets de signaler aux lecteurs que ce matin-là, Aouicha n'avait pas de pain à surveiller au four et qu'elle n'était pas non plus sur le dos d'un chameau)[3].

---

2   Le souvenir du bonnet d'âne que je portais souvent dans ma classe était, sans doute, pour quelque chose dans la mésestime de l'intelligence de cet animal.

3   Le mari de Aouicha n'a retenu que le troisième conseil d'Allah, nous ne pouvons donc rien lui reprocher ! Pour toutes organisations ou associations de défense des droits de la femme qui compteraient porter plainte contre ce mari, et afin de les dissuader de cette démarche, je me permets de leur rappeler ces

L'oreille aux aguets, les nouvelles mariées étaient toujours prêtes à intervenir le plus rapidement possible, où qu'elles soient et quel que soit le moment, pour réconforter physiquement leur mari et satisfaire ses besoins les plus urgents. Elles non plus ne voulaient pas tomber dans la même erreur que leur devancière.

Bien que Aouicha fût étrangère à notre tribu, elle vint s'installer sur une colline pierreuse tout près de chez nous. Tous les habitants du hameau l'aidèrent à construire sa hutte à l'aide de branches d'arbres grossièrement arrangées. Ils couvrirent cette demeure de morceaux de plastique.

N'ayant pas de chien pour garder sa hutte, Aouicha planta elle-même des cactus tout autour de sa maison.

C'était donc là que vivaient Fatma et sa maman depuis plus d'une dizaine d'années. Elles travaillaient tout le temps chez certaines familles pour gagner leur vie.

Comme j'étais interne dans un lycée à Safi, je ne revenais chez mes parents que durant les vacances. En été, j'avais largement le temps de découvrir les changements qu'avait subis mon patelin :

---

deux hadiths : Le prophète a dit :
a)- « Lorsqu'un homme appelle sa femme pour son besoin (une façon de dire le rapport sexuel), qu'elle lui réponde même si elle a son pain dans le four ». (D'après Talq ibn Ali ; rapporté par Tirmidhi).
b) –« La femme ne sera pas acquittée du droit d'Allah sur elle, tant qu'elle n'acquittera pas la totalité du droit de son mari sur elle, et si celui-ci venait à lui demander de satisfaire son besoin sexuel, alors qu'elle se trouverait sur le dos d'un chameau, elle ne devrait pas le priver de ce droit (D'après l'Imam Al Sadik). Quant à la punition corporelle, je pense que Abdelmoula était dans ses droits : Le Coran précise bien dans la Sourate 4 (An Nissa) «Les femmes », verset 34 : « Les hommes ont autorité sur les femmes, en raison des faveurs qu'Allah accorde à ceux-là sur celles-ci et aussi à cause des dépenses qu'ils font de leurs biens. Les femmes vertueuses sont obéissantes [à leurs maris] et protègent ce qui doit être protégé, pendant l'absence de leurs époux avec la protection d'Allah. Et quant à celles dont vous craignez la désobéissance, exhortez-les, éloignez-vous d'elles dans leurs lits et frappez-les. Si elles arrivent à vous obéir, alors ne cherchez plus de voie contre elles, car Allah est certes Haut et Grand ». (Lire le Saint Coran en français, <sajidine.com/coran-écrit/index.htm>).

Ainsi, les Fils d'Ahmad, devenus adolescents, étaient partis chercher du travail à Agadir.

Bien qu'il eût dépassé la quarantaine, Omar ould Kaddour continuait à haïr mortellement les jeunes filles du douar. Il se résigna enfin à prendre Tamou, la veuve, pour femme, malgré l'âge un peu avancé de celle-ci.

Si Larbi ne revint pas de son pèlerinage à la Mecque. Sa jeune femme, Rkia, l'attendait depuis trois ans. N'étant pas répudiée et n'ayant aucun certificat attestant la mort officielle du pèlerin, elle ne put se remarier. Mis en jachère, son corps, abondant de plaisirs en sommeil, se rétrécissait à vue d'œil et sa peau devenait flasque.

Imitant mon père, notre voisin Khali Ali avait embrassé le métier désavantageux de cordonnier.[4]

La tuberculose avait emporté Jlaibika.

Abdelhadi venait d'être emprisonné pour viol d'une nouvelle mariée.

SiSaid avait perdu sa mule, morte écrasée par un camion.

Ma sœur Halima venait d'avoir une jolie petite fille. Elle la nomma Fatiha.

Les trois femmes de Abdelmoula étaient enceintes...

Le jour où Fatma et sa mère acquirent une bête, ce fut un vrai scoop ! Le nom d'Aouicha était, enfin, sur toutes les lèvres.

Aouicha venait d'acheter une jeune ânesse d'un noir foncé.

Tout le monde voulait savoir l'âge de l'animal, ses origines, son prix...

Fatma et sa mère étaient toujours dans leur petite hutte entourée d'une barrière de cactus difficile à franchir. Elles étaient les deux seules personnes qui avaient résisté aux mutations que connaissait notre hameau. C'est pour cette raison que leurs noms étaient rarement évoqués dans les commérages.

Au temps de la moisson, la mère et la fille partaient aux champs

---

4 A cette époque-là, la quasi-totalité des habitants de notre tribu marchaient pieds-nus. Le métier de cordonnier n'était en fait qu'un euphémisme pour «mendicité».

pour ramasser les épis qui avaient échappé aux moissonneurs. Elles emmenaient avec elles leur ânesse pour qu'elle profite, elle aussi, de cette période faste.

L'évènement qui allait être à l'origine de mon premier amour se déclencha le jour où P'tit Bleuet vit pour la première fois l'ânesse de nos voisines à côté de la hutte. C'était l'ânesse de ses rêves !
Le coup de foudre !
Comme je l'emmenais au puits pour apaiser sa soif, il m'abandonna sans scrupule et se dirigea en courant frénétiquement vers son premier amour qui se délassait près de la hutte.

J'essayai de l'arrêter, mais c'était peine perdue. Il courait plus vite que moi. Fatma de son côté, qui revenait avec une jarre d'eau sur la tête, tenta de barrer la route à la bête en effervescence, mais sans succès. P'tit Bleuet avait atteint son objectif en un temps record.

En arrivant sur le lieu de la scène, nous constatâmes, tous les deux, que « le bien » était déjà fait !
L'acte était effectivement consommé.
« Laisse-le, déclara Fatma souriante ; les ânes sont comme les hommes : leurs besoins doivent être satisfaits sur-le-champ ».

Ébloui par la beauté de cette brune dont certaines mèches crépelées dépassaient son foulard et formaient une sorte de couronne autour du front, je ne savais quoi répondre. Elle avait un peu l'air d'une bohémienne. En fait, je n'étais préparé ni à la rencontre de cette beauté ni à la comparaison originale que je venais d'entendre.

Je finis par balbutier :
— Excuse-moi, je ne savais pas qu'il allait attaquer ton ânesse…
— Pourquoi t'excuser, répondit-elle en riant. C'est une chose tout à fait naturelle. Ils s'aiment !

Les réponses franches, directes et un peu osées de cette jeune fille de dix-sept ans attestaient bien qu'elle voulait aborder des sujets d'amour, sujets dont tous les jeunes étaient friands, mais qui restaient tabous aux yeux d'une religion qui continue à souffrir du chiendent sexuel qui mine certains esprits. D'ailleurs, Si Messaoud, l'imam de la mosquée, la sentinelle perdue, le soldat de Dieu, le défenseur de la foi, le justicier, nous surveillait de la porte de son école coranique, prêt à intervenir pour condamner notre rapprochement en nous récitant quelques versets du Livre Saint qui illustraient, selon sa propre interprétation, le bien-fondé de ses reproches. Nos rencontres paraissaient gêner terriblement ce célibataire de vingt-cinq ans. Il n'allait pas au marché pour faire des courses comme tout le monde et préférait monter la garde dans la tribu, étant donné que beaucoup de filles profitaient de l'absence de leur père ou de leur mère pour aller discuter ou vivre une brève aventure avec les garçons de leur âge. L'imam se cachait derrière le muret qui entourait son école dans l'espoir de prendre en flagrant-délit tout couple qui n'avait pas mis de son côté les précautions nécessaires. Bien que cette attente irritât le maître d'école coranique, il n'abdiquait jamais, à tel point qu'il lui arrivait souvent de sacrifier les moments de prière pour ne pas rater le gibier éventuel qui le calmerait pour une semaine.

Ce faux dévot ne cessait de rappeler aux habitants de la tribu les versets qui stipulaient que toute relation amoureuse ne peut s'accomplir que dans un cadre matrimonial.[5]

Ne sachant pas comment j'allais réagir, Fatma opta donc pour un discours où elle insinua adroitement et malicieusement des mots et des expressions qui s'appliquaient aussi bien à l'amour chez les bêtes qu'au domaine de la séduction chez les humains.

---

5 a) « Celui qui a des relations sexuelles hors du cadre voulu ne le fait pas en ayant la foi » (Hadith, rapporté par Al Bukhâri N° 6424)
    b) « Et ceux qui craignent le châtiment de leur Seigneur ; car vraiment, il n'y a nulle assurance contre le châtiment de leur Seigneur ; et qui se maintiennent dans la chasteté et n'ont de rapports qu'avec leurs épouses ou les ESCLAVES qu'ils possèdent, car dans ce cas, ILS NE SONT PAS BLAMABLES, mais ceux qui cherchent [leur plaisir] en dehors de cela, sont des transgresseurs » (70 : 27-31).
    c) L'article 490 du code pénal stipule : « Sont punies de l'emprisonnement d'un mois à un an, toutes personnes de sexe différent, qui n'étant pas unies par les liens du mariage ont, entre elles, des relations sexuelles ».

Souriante, les yeux brillants, elle jeta une seconde fois un coup d'œil sur les deux bêtes qui s'efforçaient à étancher leur passion et lança cette remarque :

« Il est petit ton âne, mais il est efficace ».

Elle éclata de rire, découvrant ainsi des dents blanches et bien alignées entre des lèvres divinement dessinées.

J'étais confus. Moi aussi, j'étais petit, et chétif en plus ; mais en amour, je n'avais pas encore eu l'occasion de mettre à l'épreuve mon efficacité ! Je n'avais que seize ans et craignais de dire quelque chose qui pourrait rompre cette rencontre inespérée. J'avais lu deux ou trois histoires d'amour, et les quelques répliques qui m'avaient plu à tel point que je les avais apprises par cœur, dans l'espoir de m'en servir un jour, ne correspondaient malheureusement pas à la situation où je me trouvais.

En effet, les héros de mes histoires, dans une symphonie de gazouillements, se baladaient à dos de cheval le long d'une allée ombragée, ou bien se trouvaient sur une barque qui voguait voluptueusement sur les eaux cristallines d'un lac ; alors que moi, l'air stupide de quelqu'un qui contemplait un tableau surréaliste sans parvenir à déceler son sens, j'étais debout entre, d'un côté, une brune dont la silhouette paraissait excessivement longue à cause de la jarre d'eau qu'elle transportait en équilibre sur la tête, avec comme verdure en arrière-plan, une haie de cactus aux épines menaçantes, et de l'autre côté, deux bourriques qui savouraient un fruit que je n'avais pas eu la chance, moi, un être humain, de déguster jusqu'alors.

« Comment serait le monde si les bêtes, comme les êtres humains, se cachaient pour faire l'amour ? » déclara Fatma, l'air songeur.

Mes jambes se dérobèrent. J'avais la bouche sèche. Une confusion bizarre m'envahit. Je m'assis sur une grosse pierre, en pensant qu'il fallait bien que je dise quelque chose. Aussi optai-je pour une phrase qui n'apportait aucun élément nouveau à ce qu'elle venait de dire, mais qui soutenait son idée :

« Tu as raison. Heureusement que les animaux ne se gênent pas dans ce domaine ».

La jeune fille déposa alors sa jarre par terre et s'assit sur une pierre vis-à-vis de moi.

Devant l'école coranique, Si Messaoud allongea un peu le cou pour s'assurer que la situation ne demandait pas encore d'intervention rapide de sa part.

Fatma savait que je faisais mes études en ville, que là-bas les jeunes parlaient facilement de leurs sentiments aux filles. Elle me demanda ce qu'on pouvait dire à une jeune fille que l'on rencontrait pour la première fois.

Et de fil en aiguille, nos propos se transformèrent en jeu de rôles où elle était la jeune fille que j'abordais pour la première fois, et à qui je tentais de faire part de mes sentiments.

Après les salutations préliminaires auxquelles la jeune fille semblait ne pas accorder beaucoup d'importance, elle finit, à la troisième tentative, par me sourire en me jetant un coup d'œil encourageant.

Notre conversation prit alors rapidement sa vitesse de croisière.
— Pourquoi refuses-tu que je t'avoue mon amour Fatma ?
— Tais-toi ! Ne dis rien, je t'en prie ! me répondit-elle d'une voix étouffée.

Je ne savais plus si elle jouait le rôle ou si c'était elle-même qui parlait sincèrement.
— Non Fatma, tu m'aimes toi aussi. Alors dis-moi pourquoi tu me fuis.

En prononçant ces deux phrases, je saisis sa main entre les miennes et me penchai vers elle. Un éclat de flamme jaillissait de ses grands yeux noirs.

Quelle délicieuse scène, si elle n'eût été brutalement rompue, non pas par le maître d'école coranique qui nous épiait toujours de derrière le muret, mais par les appels stridents de ma mère qui m'intimait de ramener P'tit Bleuet à la maison. Peut-être craignait-elle aussi une aventure qui viendrait ruiner son rêve. « Quand mon fils sera gendarme, répétait-elle à ses voisines, je lui offrirai comme femme, la plus belle et la plus riche de toutes les filles de la tribu !» Fatma n'était aux yeux des mauvaises langues qu'une adolescente « sans racines ».

Mon âne avait déjà fini sa tâche de bon rédempteur de la race asine et prenait un bain de poussière, les quatre pattes en l'air.

Sur la route, je remerciai chaleureusement mon P'tit Bleuet pour les délicieux moments que je venais de vivre grâce à lui.

Je lui avouai :
— Si j'en avais les moyens, je transformerais tes fers en or.

P'tit Bleuet, toujours sous le charme des moments de plaisir qu'il avait passés avec sa bien-aimée, ne prêta aucune attention à mes délires. Il avait même l'air de me répondre :
— C'est moi qui te remercie pour cette séance de bien-être, et si j'en avais les moyens, je te transformerais en baudet afin que tu puisses, toi aussi, jouir de tes amours, sans réserve et en plein air.

II.

P'tit Bleuet prit l'habitude d'aller quotidiennement faire un tour auprès de sa bien-aimée. Peut-être surveillait-il la grossesse. Et moi, je pris l'habitude d'aller le chercher et par la même occasion, de continuer le jeu de rôles avec Fatma. Nos sujets portaient tout le temps sur les relations garçons-filles, avec des détails qui devenaient plus pointilleux de jour en jour.

Fatma voulait tout savoir sur les comportements des hommes, sur leurs préférences, sur leurs désirs et leurs fantasmes. Et moi, fier des quelques fausses informations que j'avais glanées auprès de mes camarades de lycée, j'essayais d'étaler tout mon savoir pour mieux l'impressionner. J'étais le savant, l'érudit, le plus séduisant des princes et l'amoureux à qui nulle fille ne pouvait résister. Mais en ce qui concernait ce dernier rôle, je continuais à avoir des doutes sur mes compétences. C'est pourquoi je me contentais de l'aborder avec prudence.

« Avec les filles, il ne faut jamais précipiter les choses », nous conseillait le doyen de notre classe. Un gaillard qui prodiguait tellement de conseils qu'il en oubliait d'apprendre ses leçons ou de faire ses devoirs. D'ailleurs, à force de nous orienter dans le domaine de la séduction, il avait triplé sa classe avant de quitter définitivement notre lycée. Tous ses amis l'avaient félicité. Certains pour les renseignements qu'il leur avait donnés, d'autres pour son échec triomphant. Nullement touché dans sa fierté, il quitta notre établissement la tête haute et alla vendre des légumes dans un quartier populaire.

Comme un papillon éphémère, notre idylle arborait ses belles couleurs une fois par semaine.

Le jour du souk, la maman de Fatma partait comme tous les habitants du hameau faire ses achats. Alors, cachés entre les genêts et quelques grosses pierres, nous reprenions notre conversation sans crainte d'être dérangés. Seul, Si Messaoud, comme d'habitude, suivait de près nos moindres gestes. Il espérait toujours nous surprendre en flagrant délit. Cet espionnage freinait substantiellement notre élan ; si bien qu'au lieu de multicolores papillons qui émergeaient de leurs chrysalides, nous redevenions de simples chenilles maladroites, avant de nous séparer.

III.

Le jour où Fatma n'osa pas me regarder droit dans les yeux, le jour où elle perdit la parole, le jour où elle commença à trembler de tous ses membres, mon cœur chancela.

Mon ami de classe avait raison : « Avec les filles, il ne faut jamais précipiter les choses ».

J'étais convaincu que ma patience allait enfin être récompensée. Et mieux peut-être que celle du maître de l'école coranique, qui n'avait pas la chance de connaître notre conseiller du lycée.

J'étais le beau Joseph attendant de Zuleikha, la femme de Putiphar, l'aveu de sa passion.[6]

De la manière dont je courtisais Fatma, j'étais sûr que sa résistance allait défaillir.

Mais contrairement au prophète Joseph qui rejeta l'avance qui lui avait été faite, je me disais que je répondrais favorablement à la première invitation de ma Zuleikha !

Cependant, au lieu d'ouvrir ses bras comme la femme du roi d'Egypte, au lieu de prononcer la fameuse phrase tant attendue qui mettrait fin à ma torture, elle recula de trois pas et pointa son doigt sur une pierre qui était derrière moi. Je me retournai. Un long serpent rampait lentement dans ma direction.

Sauve qui peut ! Un pur-sang sur un champ de course !

Je laissai la pauvre Fatma seule face à son destin. Je la regardai de loin. A l'aide de quelques pierres, elle parvint à tuer le reptile. Je ne la rejoignis qu'au moment où elle prit le serpent par la queue pour me montrer qu'il était bien mort.

J'avais honte de moi.

---

6 N'ayant pas pu résister aux charmes de Joseph, Zouleikha, la femme d'Al Aziz, finit par craquer et aurait laissé échapper ces phrases : « Me voici à toi ! Prends-moi, je suis follement amoureuse... » (Rapporté au IXèmesiècle par Boukhari). Wikipédia. Lire également à ce sujet le Coran, sourate N° 12 : « Youssouf » (Joseph).

C'était vraiment un coup dur pour ma virilité et mon amour-propre. Je tentai tant bien que mal de rétablir un peu d'équilibre dans notre relation naissante en expliquant à Fatma que je n'avais pas peur.

—Je suis parti chercher un bâton. Tu aurais dû attendre mon retour pour que je le tue de mes propres mains...

Souriante, l'air moqueur, elle me répondit :

—Je sais que tu es très courageux !

J'eus des cauchemars toute la nuit. Fatma encerclée de serpents me priait d'intervenir pour la sauver, et moi, me tenant à une distance raisonnable, je lui criais de se servir de pierres pour les écraser. L'imam de la mosquée, quant à lui, rédigeait des talismans pour faire augmenter le nombre de serpents.

En retournant au lycée après les grandes vacances, j'étais le plus heureux des élèves. J'étais fier de parler à mes amis de ma conquête. Je leur parlais avec exaltation, avec enthousiasme, tout en exagérant, bien sûr, certaines qualités de Fatma et en minimisant certains de mes défauts. Je les mis au courant de mon projet de l'épouser quand je serais grand. Mes amis, l'air étonné, se regardèrent silencieusement. Personne n'osa me donner son avis sur mon projet. Et je compris qu'ils ne connaissaient rien en amour.

Souvent, le soir, je leur avouais que j'étais privé d'elle, que j'aurais bien voulu lui écrire quelques lettres pour lui prouver encore une fois mon érudition, et lui montrer que j'avais bien dépassé l'âge de la puberté, mais malheureusement mon amour ne savait ni lire ni écrire, alors je commençais à rêver d'un monde où les mots n'existaient pas, où les gens communiquaient avec des gestes. Ils montraient les choses avec les doigts en riant ou en se touchant.

Fatma était devenue pour moi l'amie, la sœur et la future épouse attendrie et consolante, bien que notre amour n'eût pas encore atteint le niveau des caresses et des baisers.

IV.

Comme dans toute félicité se cache toujours un malheur, je revins en été, plein de joie et d'espoir, pour passer les vacances chez les miens. Malheureusement, cette année-là, le pays connut une sécheresse sans précédent. En rentrant chez-moi, je ne vis pas P'tit Bleuet. Ma mère m'informa qu'il était mort. « Il n'avait plus rien à manger ! Tes frères, El Hassan et Mohamed, l'ont enterré à la place de la hutte de Fatma ».

— Et l'ânesse de Aouicha ? Est-elle morte, elle aussi ? lui demandai-je imprudemment.
— Non, non, ils ont survécu, elle et son petit. C'est vraiment un miracle.

Au cours de la discussion, j'appris que Fatma et sa mère avaient disparu sans laisser de traces, bien avant la mort de P'tit Bleuet.
Trois mois plus tôt, Aouicha avait oublié d'éteindre la bougie avant de dormir. La hutte prit feu et fut réduite en cendres en quelques minutes.
— Il paraît que Fatma s'est mariée à un bûcheron qui vit dans la montagne, me déclara ma mère d'un air soulagé.

Cette mauvaise nouvelle m'ébranla. Je faillis crier :
— Pourquoi Fatma a-t-elle fait ça ?
Je quittai la maison en titubant. Je ne savais plus quoi faire. Je venais de perdre mes deux amis les plus chers. Ma vie n'avait plus aucun sens.
P'tit Bleuet était mort de chagrin et non de faim comme le prétendait ma mère. Il n'avait pas pu survivre à la séparation brutale. Il avait succombé suite à son premier amour brisé.

J'aurais aimé qu'il fût encore vivant. Nous serions partis tous les deux. Nous serions allés par monts et par vaux pour ramener nos bien-aimées. J'aurais prouvé à Fatma mon amour et mon courage. J'aurais ramené mon Eurydice à la tribu Saadna, et le mythe d'Orphée serait devenu un vulgaire exemple devant mon héroïque exploit. Car j'aurais été capable de ramener Fatma saine et sauve jusqu'au douar Lkoudia. Par ma bravoure et ma générosité, j'aurais fait oublier au monde arabo-musulman le roman d'Antar. Et comme les Mu'allakat[7], mon épopée chevaleresque aurait inspiré des poèmes lyriques qui seraient écrits en lettres d'or et accrochés, non pas à la Mecque, mais sur la porte de l'école coranique de Si Messaoud, pour lui prouver que l'amour finit toujours par triompher malgré les embûches semées sur son chemin par les faux-dévots.

Malheureusement, comme disait ma grand-mère, « on ne peut pas applaudir avec une seule main ».

Mon expédition ne pourrait jamais se réaliser, car P'tit Bleuet, mon bras droit, reposait pour l'éternité à l'ombre d'un genêt, tout près de ce qui restait d'une hutte.

Je n'eus pas le courage de suivre son exemple.

Chers lecteurs, si vous vous rendez un jour au douar Lkoudia (ce qui est peu probable !), n'hésitez tout de même pas à faire un petit détour pour déposer une fleur sur la tombe de la bête qui a su aimer et rester fidèle à son amour mieux qu'un être humain. Votre geste contribuera certainement à la réhabilitation de cet animal aux yeux de notre religion. Quant à moi, je continuerai à traîner mon affliction jusqu'à la fin de mes jours.

---

7 Les « mu'allakat » (les « suspendues ») : ensemble de poèmes préislamiques. Pour leur beauté, ces odes auraient été suspendues à la Ka'aba de la Mecque.

Une guerre œdipienne

I.

Les gendarmes venaient de repartir dans leur jeep, laissant derrière eux un épais nuage de poussière rouge et une centaine de curieux venus de toute la tribu assister à cet événement inhabituel.
Ils emmenaient ma mère et Aouicha.

Comme un troupeau de biches, les habitants, le regard plein d'inquiétude, observaient de loin ces prédateurs qui venaient de leur ravir deux des leurs. Ils ne pouvaient pas parler. Ils ne pouvaient pas réagir. Ils avaient peur.

Sachant que cette arrestation allait lui coûter cher, mon père tenta, tant bien que mal, de négocier sur place leur libération. Il s'approcha du brigadier, un gros homme aux sourcils épais et drus, et bredouilla quelques mots du bout des lèvres. Le gendarme fixait de ses yeux brillants de félin la main droite que mon père lui tendait en la gardant bien fermée.
— Qu'est-ce que tu tiens là ? lui demanda le brigadier d'un ton autoritaire.
Comme un petit garçon qui aurait dérobé un morceau de sucre, mon père ouvrit la main et exhiba les deux billets froissés de vingt dirhams. C'était tout ce qu'il possédait.
— Ça alors ! Tes deux poules sèment la pagaille dans toute la tribu et tu viens me proposer tes deux sous !

L'homme à l'uniforme mit fin à la discussion en intimant autoritairement à mon père de le rejoindre à la brigade.

Sur leur terrain, nos gendarmes se sentaient parfaitement à l'aise puisqu'ils arrêtaient eux-mêmes le prix indiscutable de toute transaction. Tout marchandage avec les autorités pouvait se transformer en délit passible d'emprisonnement.

Une fois la jeep disparue aux regards, mon père, la mort dans l'âme, jeta un coup d'œil triste sur la quinzaine de chèvres blotties à l'ombre du grand rocher.
Cette affaire allait lui coûter au moins le prix de trois bêtes.

II.

Depuis plus d'un mois, rien n'allait plus entre ma mère et Aouicha. La bagarre planait dans l'air. On savait que la moindre étincelle, le moindre faux-pas pourrait déclencher la dispute tant attendue par de nombreuses familles avides de sensations fortes. En période de pleine lune, ma mère devenait surexcitée. Une abeille voltigeant d'un lieu à un autre, prête à piquer quiconque s'approchait d'elle. Ses gestes étaient vifs. Elle se démenait comme une possédée.

Devant ce bouillonnement débordant, les voisines n'hésitaient pas à la pousser à mettre fin à cette situation d'expectative, tout en soulignant la sagesse de sa décision. Elles lui proposaient plusieurs variantes d'attaque en exagérant largement ses atouts guerriers. A la fin de chaque mise en condition, ma mère devenait toute pâle. Elle riait d'un rire forcé qui exagérait les commissures de ses lèvres, tout en jetant des regards de défiance à son adversaire qui vaquait à ses occupations ménagères, à quelques mètres d'elle.

Telles des bêtes sauvages, les deux belligérantes avaient marqué leur territoire.

Curieux, moi-même j'attendais ce moment avec impatience. Je pressentais que ma mère allait remporter cette victoire haut la main. Menue et agile comme un guépard, elle ne ferait qu'une bouchée de son ennemie, surtout qu'elle était parfaitement préparée.

Cette situation si tendue avait pris naissance depuis le jour où Aouicha était arrivée chez nous. Elle était la troisième femme de mon grand-père.

III.

Après avoir servi la France en participant à plusieurs guerres, aussi bien en Afrique qu'en Indochine, mon grand-père fut renvoyé chez lui pour vivre misérablement, comme tous les membres de la tribu, le reste de son âge. Ulysse.

A cette différence près que le séjour de mon aïeul en Asie n'avait rien de commun avec le prestigieux parcours géographique du héros de la mythologie grecque.

La guerre, le climat, la prison, les maladies, la faim... l'avaient outrageusement abîmé. Au moment où la France nous l'avait restitué, il ne servait plus à grand-chose. Sa deuxième femme, Ittou, une berbère ramenée du sud du pays, avait quitté notre tribu juste après l'enrôlement de son époux sous le drapeau français.

Mon grand-père était heureux de retrouver sa fille unique et de vivre auprès d'elle.

Ayant perdu sa première femme alors que maman n'avait pas encore six ans, il resta veuf pendant huit ans avant de se remarier avec la jeune Ittou. Malheureusement, il n'avait pu jouir pleinement des délices de cette nouvelle union au goût presque exotique, la France l'ayant arraché des bras d'Ittou quelques mois après son remariage.

Alors que mon grand-père faisait la guerre en Asie de l'Est, ma mère s'était mariée et vivait avec mon père dans la maison du soldat.

A son retour d'Asie, comme il n'était plus l'ouvrier solide et bien bâti auquel toute la tribu faisait appel pour désherber un champ ou pour construire un mur, ma mère se contenta de lui confier de menus travaux : surveiller le troupeau de chèvres quand j'étais à l'école, faire des courses le jour du marché, étaler le linge pour qu'il sèche...

A chaque occasion, ma mère nous rappelait : « Votre grand-père est devenu très fragile. Il faut le ménager et lui prêter une attention particulière. Vu son âge et son état de santé, il va bientôt nous quitter, le pauvre ! »

Elle s'était bien trompée à son sujet !

IV.

Un soir, alors qu'elle épluchait des carottes et des petits pois pour nous préparer une soupe, mon grand-père vint s'asseoir à côté d'elle, toussota un peu comme un élève qui n'a pas bien appris sa leçon de récitation, et d'une voix basse et confuse, il murmura quelques mots que ma mère ne saisit pas. Elle lui demanda naïvement s'il n'était pas malade.

« Non, je vais parfaitement bien », lui répondit-il.

Ma mère fut très contente de l'entendre dire cela. Elle continua à éplucher machinalement ses légumes en souriant. Mais au moment où mon grand-père lui annonça, après s'être bien éclairci la voix cette fois : « je veux me remarier ! », elle entendit cette phrase sans la comprendre. Ce n'est qu'un instant après, quand l'information afflua comme un torrent déchaîné vers son cerveau, l'assourdissant tel un grondement de tonnerre, qu'elle s'immobilisa. Bouche bée, une carotte à la main gauche, un couteau à la main droite, elle fixa son père d'un air étonné. Son visage devint plus vert que sa soupe. Elle savait qu'il ne renonçait jamais à ses idées fixes. Toutefois, elle usa de ce ton affectueux qu'adoptent les gens pour parler aux petits enfants ou aux idiots.

« Papa, mon gentil papa, tu es vieux et tu es souvent malade. Tu vois bien qu'ici tout le monde prend soin de toi. Pourquoi veux-tu t'encombrer d'une femme ? ».

Elle savait que ce serait un miracle si l'ex-soldat renonçait à son projet. D'ailleurs la réponse de son vieux père lui confirma son pressentiment :
« Tu sais ma fille, Dieu a fait l'homme et la femme de deux argiles différentes. Chez nous, le désir demeure jusqu'à la fin de la vie. Et je ne suis pas plus vieux que beaucoup de gens de notre tribu. Je vais donc partir la semaine prochaine dans la montagne pour ramener une femme qui allège ma solitude ».

Ma mère tenta désespérément de souligner les malheurs que pourrait rapporter une femme étrangère à la maison, surtout si elle était originaire de la montagne. Elle le prévint du mélange des générations. Elle lui déclara enfin que ces femmes venues de contrées lointaines étaient généralement porteuses de maladies contagieuses.

Mon grand-père resta imperturbable. Comme réaction aux faux conseils de sa fille, il lui demanda de lui préparer le grand sac qu'il avait ramené d'Indochine.

Pâle et suffocante, elle se résigna à souffler désespérément les flammes de mon grand-père dans une autre direction, en lui proposant plusieurs veuves de la région, mais sans succès.
Elle sut alors que les dés étaient jetés.
La déchéance !

Tout le prestige de ma mère et toute son autorité allaient être remis en question. Ce qu'elle redoutait le plus, c'était surtout l'âge et la beauté de l'étrangère qui, quelques jours plus tard, allaient la déposséder de son père et de la moitié de son royaume. Elle qui était le centre de notre petit monde ! L'encens, le bois de santal qui embaumait notre maisonnette !

Ayant dépassé la quarantaine, elle savait qu'elle ne pouvait plus rivaliser avec les jeunes filles aux corps fermes, aux seins pointus et aux lèvres charnues et extraordinairement attirantes. Mais elle ne voulait pas abdiquer et trouvait toujours un prétexte pour nous rappeler : « Avec le temps, les êtres humains comme les objets prennent plus de valeur ! ».
Mensonge !
Comme notre monnaie, comme notre terre, comme notre société, ma mère perdait chaque jour un peu de sa valeur.

Elle se souvint de la période où elle était encore jeune fille. La période où Ould H'mad, Layachi, Ben Allal et tant d'autres jeunes garçons la courtisaient. Elle se rappela les moments délicieux où Ould Touiher, qui surveillait ses chèvres tout près d'elle, chantait, à haute voix, des chansons composées spécialement pour vanter sa beauté.

Les temps avaient bien changé !
Quand elle était jeune fille, ma mère, comme toutes ses semblables, n'avait pas le droit de fréquenter des garçons ni de leur parler. Elle n'avait pas le droit d'aimer un garçon, et quand bien même elle aurait été éprise de quelqu'un, elle n'aurait pas pu avouer son amour. Elle devait attendre sagement le mari que son père ou sa mère lui choisirait.

C'était une coutume tribale observée d'une manière stricte. Seule Fatma, une jeune fille de seize ans, qui vivait en ville et qui, son père étant mort, avait rejoint notre tribu avec sa maman, enfreignait cette règle, puisqu'elle se permettait de circuler librement, les cheveux découverts. Elle avait le privilège de parler à tous les jeunes. Tous les habitants savaient qu'elle tournait autour de Abdeslam, un gaillard dont le physique faisait rêver la majeure partie des filles. Mais le jour où Fatma apprit que Abdeslam était lui aussi à la recherche d'un homme plus musclé que lui, elle laissa tomber son projet et partit en ville. Personne ne l'avait jamais revue.

Ma mère entendait souvent les vieilles femmes dire :
« Une fois les corps unis, l'amour viendra tout naturellement couvrir cette union. Avec la naissance des enfants, il grandira et se consolidera ».

Voilà pourquoi, dans notre tribu, toute jeune fille mariée se pressait de donner le plus grand nombre de rejetons à son mari dans l'espoir d'atteindre ce sentiment noble appelé « amour ». Voilà pourquoi les maris accomplissaient machinalement leur devoir de géniteur en attendant que l'amour vienne frapper à leur porte pour leur faire oublier leur vie de misère.

Souvent, après avoir donné une douzaine d'enfants et ayant atteint l'âge de la ménopause, les femmes se rendaient compte que l'« amour », cet état de bonheur dont on leur avait tant parlé, n'était, en fait, qu'un mensonge, une chimère, un mot vide de sens. Aussi trouvaient-elles d'autres occupations plus réalistes et plus sages, tout en essayant de sortir indemnes de cette période critique.

Plus coriaces que les femmes, et voulant goûter à tout prix à « l'amour », les hommes, par contre, délaissaient souvent les mamans de leurs enfants et se lançaient à la recherche d'une seconde, troisième ou quatrième femme. Ce sentiment de bonheur parfait, qui restait quasiment introuvable dans notre tribu, poussait certains maris à prendre, parfois, quatre femmes à la fois pour accélérer le processus et encourager « l'amour » à se manifester sans crainte le plus rapidement possible.

Malheur à la femme qui ne donnait pas d'enfants ! Non seulement elle perdait l'espoir qui faisait vivre toutes celles qui avaient la chance de procréer, mais elle devenait l'impure, la souillure de la tribu. On l'évitait. Et puisqu'elle était « frappée par la malédiction divine », comme le répétait l'imam de la mosquée, il fallait la fuir. On la prenait pour responsable de ce défaut « absolument féminin ».

Persuadés en effet que la stérilité était strictement féminine, les hommes n'éprouvaient aucune gêne à chercher d'autres femmes. Personne ne faisait de reproches à celui qui répudiait une épouse qui ne donnait pas d'enfants. On l'encourageait même à se remarier.

« Un arbre qui ne donne pas de fruits doit être abattu pour planter un autre à sa place », répétait notre imam. Heureusement qu'on n'allait pas jusqu'à la liquidation physique.

Patiente comme toutes ses semblables, ma mère poursuivait son petit bout de chemin à la recherche de l'amour en offrant à mon père, chaque année, une nouvelle bouche à nourrir. Souvent, elle se remémorait son passé délicieux qui grouillait de Ronsards qui « la célébraient du temps qu'elle était belle », et qui malheureusement, fuyait à tire d'aile. Ce matin, en se rappelant certaines scènes de sa jeunesse, et en pensant à l'arrivée imminente de la montagnarde, elle ressentit une douleur lui déchirant le cœur. Elle laissa échapper un long soupir avant de se lever pour traire ses chèvres.

V.

Depuis le moment où mon grand-père lui avait annoncé sa décision, ma mère ne dormait plus la nuit. Obsédée par la beauté et le jeune âge de l'étrangère qu'elle n'avait pas encore vue, elle se lança dans des stratégies rudimentaires pour rendre fade, terne et insipide la beauté tant redoutée de la montagnarde qui allait surgir d'un jour à l'autre. Chaque matin, elle s'accrochait davantage aux vestiges en ruines de sa beauté en enfilant des habits aux couleurs vives qui éclairaient son teint brun. Elle se coiffait et passait de longs moments à se regarder dans le petit morceau de miroir suspendu près de la porte de notre chambre. Elle usait de tous les onguents proposés par ses amies pour cacher les rides qui sillonnaient son large front et son cou extrêmement mince. Elle noircissait davantage son grain de beauté sur sa joue gauche. Mon père, qui s'absentait toute la journée, remarquait rarement ces retouches. Il était maçon et travaillait sur un chantier à quelques kilomètres de notre tribu. Il ne regagnait la maison que tard dans la nuit.

Loin de rehausser son aspect physique et de le rendre plus attrayant, ma mère se fanait à vue d'œil.

La menace qui planait sur elle avant même l'arrivée de l'étrangère se répandit comme sur des ailes, et arriva aux oreilles de toutes les femmes mariées de notre tribu. Elles craignaient que leurs maris ne soient contaminés par l'envie du vieux soldat.

Certes le mariage à deux, trois, voire quatre femmes nécessitait beaucoup de dépenses économiques et physiques, dépenses sensées freiner sensiblement les flammes des hommes, mais puisque la femme ne représentait qu'un objet de décor, un ustensile dont on pouvait se débarrasser à tout moment, puisque cette marchandise proliférait en abondance dans les montagnes, les maris étaient souvent tentés par cette main-d'œuvre bon marché et surtout par les plaisirs sensuels qu'ils pourraient tirer de ces machines à procréation.

Soucieuses, les femmes de notre tribu formèrent alors un front solide pour contrecarrer toute sorte de polygamie. Elles suivirent l'exemple de ma mère et commencèrent, à leur tour, à se montrer plus coquettes et plus belles, à tel point que certains jeunes garçons ne savaient plus s'ils étaient attirés par les jeunes filles ou par leurs mamans. Le colporteur, qui ne visitait notre tribu qu'une à deux fois par an, se lança rapidement dans les produits cosmétiques périmés et devint un habitué de la région. Il troquait ses articles de « beauté » contre des œufs, des poules, des céréales, des ustensiles de cuisine, des bijoux anciens. Il lui arrivait même d'accorder des crédits pour des objets chers.

VI.

Fier de sa conquête, mon grand-père rapporta son trophée un soir d'automne.

Une grosse femme d'une cinquantaine d'années. Elle n'était pas belle : visage rond, yeux exorbités, nez plat, fesses volumineuses mais carrées, elle portait une robe assez usée et tenait toute sa dot entre ses bras : un coq rouge au plumage luisant.

Ma mère fut soulagée d'une bonne partie de ses soucis.
Mon grand-père nous présenta l'intruse qui allait s'incruster dans notre vie quotidienne :
« Elle s'appelle Aouicha ».

Toujours sur ses gardes, ma mère paraissait toute petite devant elle. Un renard tournant autour d'une lionne se restaurant.

Après un dîner commun que ma mère avait préparé à contre-cœur, Aouicha sortit de sa coquille pour demander, d'une voix gutturale, où se trouvait sa chambre à coucher.

On l'informa que la maison n'était composée que de trois chambres, que la hutte servait de cuisine commune et que pour se soulager, il fallait se mettre entre les genêts, près des cactus, à l'extérieur de la maison. Quant à la source d'eau, elle se trouvait à environ trois cents mètres au fond de la vallée.

On procéda au partage des biens (ustensiles de cuisine, draps, chèvres, bois pour le chauffage et la cuisson…).
On traça une frontière imaginaire.

Aouicha mit ma mère en garde :
« Je ne veux pas que tes enfants débarquent à n'importe quel moment dans ma chambre. Chaque fois qu'ils voient mes chaussures devant la porte, ils doivent savoir que je me repose à côté de leur grand-père. Alors un peu de décence ! ».

L'idée d'imaginer son cher papa isolé et tenu emprisonné entre les bras de cette grosse femme étrangère, rendait ma mère bouillonnante. Son visage sombre et ses sourcils froncés attestaient clairement qu'elle pouvait éclater à n'importe quel moment.

Comme la montagnarde se déplaçait tout le temps pieds nus, ses chaussures, comme des plaques de circulation, étaient toujours posées sur le seuil de la chambre pour nous rappeler le pacte de non-ingérence entériné par les deux parties.

Je pressentis que la coexistence entre ces deux femmes allait être dure et commençai déjà à remettre en doute les avantages guerriers de ma mère.

VII.

Chaque matin, mon grand-père conduisait le troupeau de chèvres sur des collines arides parsemées de quelques arbustes d'arganiers. Aucun autre animal domestique ne pouvait survivre dans ces contrées éternellement brûlées par un soleil ardent. Seules les biques, extrêmement agiles, avaient le don d'escalader ces arbres pour se nourrir de branches tendres.

Profitant de la misère des habitants de la tribu, notre représentant parlementaire avait racheté toutes les bonnes terres de la vallée pour une bouchée de pain. Les ex-propriétaires furent obligés de renoncer à leur dignité et d'aller construire de petites maisons en terre battue sur les versants ensoleillés des collines.

Au milieu de ce musée de pierrailles et de toutes sortes de rochers, notre tribu devint l'illustration concrète d'une nature morte.

A la suite de son troisième mandat, l'élu avait découvert, avec la collaboration de certaines de ses relations, que la majeure partie de notre tribu n'avait pas voté pour lui, malgré l'argent qu'il avait distribué la veille du scrutin. Les habitants voulaient le punir pour les avoir abandonnés au moment où ils avaient le plus besoin de lui.

Les représailles ne furent pas longues à tomber sur toute la tribu Ouled M'rah : ils ne reçurent pas de mouton pour la fête comme il leur avait été promis. Ils achetèrent eux-mêmes les cartables et toutes les fournitures scolaires pour les quelques enfants qui fréquentaient l'école. Toutes les aides du gouvernement furent adroitement détournées vers les tribus les plus obéissantes.

VIII.

Ce matin-là, ma mère était en train de faire la lessive. Ses gestes vifs et énergiques attestaient clairement qu'elle était sur le point de mettre à exécution son projet d'attaque-éclair, surtout que la montagnarde chantait à haute voix dans une langue que ma mère ne comprenait pas, mais elle savait, par intuition, que certains refrains lui étaient destinés particulièrement.

Ma mère réagissait par des propos qui nous étaient adressés, mais qui, de toute évidence, visaient à provoquer son ennemie et à l'exciter :

« Venez mes petits, venez donner un coup de main à votre chère maman. Vous êtes une bénédiction. Toute femme qui n'a pas d'enfants est damnée par Dieu, surtout si elle est étrangère à notre tribu ».

Plus ma mère nous prodiguait sa fausse morale, plus la montagnarde chantait à tue-tête. Et c'est à ce moment-là que le malheureux coq, cette sale bête qui nous réveillait au milieu de la nuit par ses chants stridents, eut la malencontreuse idée de s'approcher de ma mère pour picorer. Ce fut la goutte qui fit déborder maman, puisqu'elle asséna au roi de la basse-cour un coup de pied sec mais fatal qui le propulsa au seuil de notre chambre à coucher. Il battit des ailes un instant avant de s'immobiliser.

Il était mort.
Furieuse, les yeux exorbités, la montagnarde cessa de chanter et sauta sur ma mère. Cette dernière l'esquiva et la laissa tomber de tout son poids près du coq.

C'était le faux pas que Aouicha ne devait commettre en aucune manière. Profitant de ce déséquilibre, ma mère la saisit par les cheveux, la cloua par terre et commença à lui mordre les bras.

Visage au sol, la montagnarde se débattait en criant de toutes ses forces. Elle appelait au secours.

Les voisines qui rôdaient depuis plus d'une semaine autour de notre maison, prêtes à intervenir pour donner un coup de main à ma mère au cas où la bagarre prendrait une mauvaise tournure, envahirent notre maison. Lorsqu'elles virent que maman maîtrisait parfaitement son sujet, elles se tinrent à l'écart, tels des arbitres impartiaux qui suivaient une partie de lutte romaine. Mais elles n'étaient pas si neutres qu'on le pensait. Le visage de la montagnarde plaqué au sol, les voisines n'hésitaient pas à faciliter la tâche à ma mère en assénant, de temps en temps, des coups douloureux à leur ennemie commune.

IX.

Comment Aouicha échappa-t-elle à l'emprise meurtrière de ma mère ?

Personne ne le sut.

En un clin d'œil, elle se dégagea de son adversaire et prit la fuite, toujours en criant. Le visage et les habits barbouillés de boue, une main qui saignait à cause d'une morsure, la montagnarde se dirigea vers la brigade de la gendarmerie qui se trouvait à sept kilomètres de chez nous.

Une fois que ma mère eut repris ses esprits, elle commença à se pavaner devant son public, tel un champion qui venait de remporter une coupe.

J'étais fier de cette victoire. Je me sentais léger comme si l'on m'avait délesté d'un lourd fardeau.

Je partis sur le champ chercher mon père pour lui annoncer la bonne nouvelle. Mais au lieu de laisser éclater sa joie, ce dernier parut désorienté.

En revenant à la maison, il fut surpris de voir les voisines chez nous. Elles tentèrent de lui expliquer ce qui s'était passé, mais comme elles parlaient toutes à la fois, mon père ne comprit absolument rien. Le coq qui était à l'origine de cette guerre et qui gisait devant la porte de notre chambre avait disparu : une des voisines avait pris soin de le jeter dans un puits sec.

Remarquant la tristesse et la pâleur qui se dessinaient sur le visage de mon père, ma mère se rendit compte des conséquences fâcheuses que pourrait engendrer le combat qu'elle venait de remporter si brillamment.

Elle continua à justifier son comportement, tout à fait légitime à ses yeux, jusqu'à l'arrivée des gendarmes.

Ayant remarqué que toutes les femmes avaient fui loin du champ de bataille, ma mère comprit que les incitations des voisines, les encouragements, les aides et les félicitations ne lui seraient plus d'aucune utilité.

X.

Ma mère et Aouicha passèrent trois longues nuits à la gendarmerie. Le jour où mon père paya une rançon substantielle, elles furent libérées vers deux heures de l'après-midi.

Comme Aouicha savait que mon grand-père n'allait pas lui pardonner ses exactions, telles qu'elles lui furent rapportées par les voisines, elle se dirigea directement vers la montagne où elle avait grandi.

Quant à mon grand-père, il se mit à la recherche d'une nouvelle femme pour alléger sa solitude !

En apprenant la nouvelle de ce re-remariage, ma mère sombra dans une crise d'épilepsie qu'elle n'avait jamais connue auparavant. Elle garda le lit pendant une semaine. Mon grand-père ne voulut pas prendre de nouvelle femme avant le rétablissement complet de sa fille unique.

Mais chaque fois qu'il l'informait de son projet, elle faisait une rechute.

Peut-être qu'elle n'était pas si malade qu'on le pensait ?

Le relais
I.

Youssoufia. La maison de Hadda, ou plutôt sa hutte, se trouve dans le quartier El Arsa. Un nom riant. Un lieu qui vous invite à venir y passer un après-midi inoubliable. Un coin pas comme les autres. Un vrai labyrinthe. Dénué de toute plantation. Ruelles étroites, non asphaltées. La hutte de Hadda est à proximité d'un dépôt de déchets. Mouches bourdonnantes. Chèvres.
L'entrée du logis est faite de quelques planches en guise de porte.

Hadda a une soixantaine d'années, mais elle n'en accepte que quarante. Jambes menues. Cheveux gris, poussiéreux. Yeux cernés. Joues creuses. Bouche édentée. Séquelles d'une lutte sans merci pour la survie.
Hadda fait peur aux petits. Aux grands, elle inspire la pitié. Quant aux jeunes filles, elles voient en cette créature, qui vient chaque jour se recroqueviller dans un coin ensoleillé devant la porte de sa hutte, une sorte d'image obscène accrochée là au bord de la rue N° 8, pour rappeler le sort réservé à toutes celles qui osent quitter le « droit chemin ».

A la suite d'une liaison douce et délicieuse au départ, mais scandaleuse et très mouvementée à la rupture, Hadda s'est retrouvée sans famille et… sans argent.
Elle a envisagé de devenir Chikhat. Elle a même exercé pendant quelques mois ce pénible métier de chanteuse populaire. Cela se passait à Safi. Mais la fatigue, les nuits blanches, l'alcool, le hachich,

le kif et surtout les honoraires exorbitants du chef d'orchestre Ould Khtou, lui ont enlevé toute envie de continuer.

« Aussi, la beauté et le jeune âge m›ont-ils poussée à envisager le métier de prostituée », confia-t-elle à Selma, la petite-fille de Sitahar, venue pour la première fois lui apporter un bol de soupe et cinq cigarettes. Sa dose pour survivre. D›habitude c›était Sitahar qui s›occupait de cette tâche-là. Mais comme il était occupé par d›interminables démarches dans le but de rapatrier le corps de son fils Issam, mort dans une mine de charbon en Belgique, ce fut donc cette ravissante jeune fille de vingt-et-un ans qui effectua la tâche pendant son absence. « J'ai même osé me renseigner auprès de lointaines connaissances. "Le local et la clientèle, m'ont-elles répondu. Bien sûr il faut être généreuse avec tout le monde. Du sbire qui vous protège contre un client non rassasié et qui veut recommencer gratuitement, jusqu'au haut responsable qui doit fermer l'œil sur tes activités illicites". Que faire ? La petite somme d'argent que j'avais amassée au moment où je travaillais chez Ould Khtou ne me permettait pas un tel luxe. Et l'idée de m'associer à une autre femme qui pratiquait le même métier me paraissait inconcevable ».

Hasard ? Ironie du sort ? Hadda rencontra un jour, dans un bain maure, une fille de joie qui habitait Youssoufia.

« Loujanti ?[8] Comment ? Tu ne connais pas ? C'est à quatre-vingt kilomètres d'ici ! La ville des musclés, des miniers, des ouvriers. La ville de la pollution, de la poussière, de la prostitution ».

Hadda s'enquit sur la marche du métier.

« Ça dépend des clients et des périodes, ma belle. Mais Dieu soit loué, on se la coule douce de temps en temps, surtout N'harlkinza[9]. Bien sûr, il y a les capricieux et les vicieux qui vous demandent de ces CHOSES… et les violents qui, satisfaits, te secouent les puces et se retirent en rigolant. Mais que veux-tu ? Ce sont les risques du métier ».

---

8 Loujanti : déformation de Louis Le Gentil (Youssoufia s'appelait Louis le Gentil en temps du protectorat. C'est une ville minière.)
9 N'harLkinza : le jour de la quinzaine. Les ouvriers travaillant dans l'extraction des phosphates sont payés tous les quinze jours.

II.

Trois mois plus tard, Hadda débarqua à Youssoufia.
Cité moyenne, bâtie sur des plateaux. Une voie ferrée la coupe en deux parties diamétralement opposées. A l'est, spacieuses villas. Quelle architecture !

Des trottoirs rectilignes, un parc, l'éclairage, deux cinémas, un supermarché, la municipalité, un commissariat, une gendarmerie...

— Les maisons des ingénieurs de l'OCP ! (Office chargé de l'extraction des phosphates), lui dit son guide, en pointant son doigt vers quelques villas éparpillées sur une colline.

C'était un petit garçon de onze ans qui avait quitté récemment l'école pour venir en aide à sa famille. Il n'avait pas de métier précis : coursier les jours de marché, vendeur de cigarettes au détail, guide, cireur, proxénète de vingt et une heure à minuit.
— Mais comme tous les occupants ne sont pas des ingénieurs, on appelle cette partie de Youssoufia « le quartier européen ». Ici, il vous sera impossible de trouver une maison. Allez plutôt de l'autre côté de la voie ferrée.
— Où ça ? Je ne connais pas bien cette ville.
— Dans ce cas prenez une charrette. Le moyen de transport le plus usuel dans cette agglomération. Elles ne sont pas loin d'ici, continua le guide. Vous voyez ces chèvres près du pont... ?
— Je vais m'égarer.
— Alors coupez tout droit par ici. Elles sont au-delà du mur.

Le petit s'en alla en sautillant de joie. Il venait de gagner cinquante centimes sans peine. Chose qui n'était pas très courante dans ce patelin. Hadda se dirigea donc vers... le mur.

III.

Le charretier, un adolescent aux dents couleur de chocolat, la déchargea rue N°8, à El Arsa.

Un autre monde : des poules picoraient goulûment les crottes des quelques animaux qui se promenaient librement dans les rues. Trois tentes dressées sous un figuier, deux cordonniers et un coiffeur. Une demi-douzaine de gamins couraient en tous sens pour vendre leurs cigarettes au détail. D'autres jouaient au football près d'un boucher. Une bouteille en plastique faisait fonction de ballon. Poussière blanche. D'un geste monotone, le vieux boucher chassait un essaim de mouches têtues qui tenaient à se poser sur un morceau de viande tout abîmé. Deux fillettes et un petit garçon morveux contemplaient avec intérêt un chien et une chienne qui s'accouplaient paisiblement près d'un tas de pierres.

Apparemment, le lieu semblait calme. Seule Zahia, surnommée l'Egyptienne, une entremetteuse de renommée qui faisait la pluie et le beau temps, se renseigna auprès de Laouar - le borgne - sur cette beauté qui passait devant elle. Assis à même le sol, une dizaine de vieillards, des retraités de l'OCP, jouaient aux dames et aux cartes.

A voix basse, trois jeunes garçons souhaitèrent la bienvenue à Hadda.

On lui avait indiqué où se trouvait « l'agence immobilière » de Sitahar. Une boutique exiguë de deux mètres sur deux.

« Heureusement il y est ! »

Double menton, barbe noire, Sitahar somnolait. Il transpirait.

— J'ai une chambre qui va sûrement te plaire. Allons la voir ! Sa voix était disproportionnée avec son corps énorme.

Avant de sortir, Sitahar jeta un coup d'œil à un petit miroir accroché près de la porte. Il ajusta son turban, lissa sa barbe et sa moustache puis il se retourna tout sourire vers Hadda. « Allons-y ! ». Il décrocha un chapelet noir qu'il tint avec ostentation dans sa main droite. Sur le chemin, il saluait avec dévotion tous ceux qu'il voyait en posant ses deux mains sur sa large poitrine et en se penchant légèrement en avant.

IV.

Ils arrivèrent chez Zahia. Une montagne de chair. Sitahar la salua avec éclat et s'enquit longuement sur sa santé. Ses yeux brillants fixaient l'énorme jambe blanche et poilue que l'Egyptienne exhibait volontairement dans le but d'appâter un client timide ou indécis.

— Cette femme veut louer la chambre d'en haut, chevrota Sitahar.
— Tu sais que tous mes locataires sont kif-kif. Si elle accepte le règlement, je n'y vois pas d'inconvénient, lui répondit la grosse femme d'une voix rauque.
— Sitahar m'a expliqué le règlement. Zahia est la patronne et la caissière. C'est elle qui décide des clients qui pourraient me rendre visite.

« Le champ est miné, pensait Hadda. Il vaut mieux déguerpir tout de suite ».

Mais elle répondit :
— D'accord, je vais réfléchir.

Sur la route, elle informa Sitahar qu'elle ne voulait pas de cette chambre.

— C'est bien dommage ! De temps en temps nous passons des nuits mémorables chez Zahia, lui confia l'homme barbu en souriant.
— Je vais chercher une chambre ailleurs, et vous n'avez qu'à venir chez moi ; vous serez le bienvenu.

Cette invitation, on ne peut plus claire, enflamma Sitahar.

— Ce ne sont pas les chambres qui manquent. Venez avec moi, cria-t-il.

D'un pas rapide et décidé, ne faisant plus attention à tous ceux qui levaient la main pour le saluer, Sitahar emmena sa cliente à la hutte.

C'était SA HUTTE.

Avant d'arriver sur les lieux, Sitahar la rassura. Elle n'avait rien à craindre. Il n'y avait pas d'eau courante, mais le puits était juste à deux pas.

Il ouvrit la porte. Une armée de rats prit la fuite et se replia immédiatement sous le foin qui occupait la hutte aux trois quarts.

— Vous n'avez même pas la peine d'acheter un lit. Il éclata d'un rire bruyant mais un peu forcé.

Pour le loyer, Sitahar l'informa qu'il lui laisserait la hutte gratuitement.
« J'y dépose la nourriture de mes chèvres ».
Mais il passerait les nuits du vendredi au samedi chez elle.
— Le dîner sur mon compte !

Il lui remit une des deux énormes clés. Il en garda une. Pour tout acompte, il se contenta d'un baiser. Il retint, difficilement, son ardeur : il reviendrait le soir vers dix heures. C'était un vendredi.

V.

Hadda poursuivit ses confidences. « Je suis sortie au village pour acheter des allumettes, une couverture, une miche de pain et une boîte de sardines.

Aucun client ne se manifesta durant l'après-midi. On était le six du mois et N'harlkinza était déjà passé. De plus, la rue n'était pas très passante, et les gens ignoraient qu'une fille de joie venait de s'installer près de ce dépôt de déchets.

Le soir, j'ai pris officiellement mon service. Sitahar est arrivé à l'heure prévue. Il portait trois djellabas dont deux en laine.

Bien armé pour la nuit, ai-je pensé.
De l'un de ses trois capuchons, il retira deux verres, une ancienne théière toute abîmée et sans couvercle, un morceau de pain, deux morceaux de sucre, un peu de thé et de la menthe.
— C'est notre premier dîner en tête à tête ? lui ai-je demandé en plaisantant.
— Non, non, répondit-il. Ce soir, je suis pris. Loukhnati va partir à la Mecque. C'est un voisin. Il a invité tous les gens de la rue de Damas à venir manger chez lui. Non, pas tous les gens, mais seulement ceux qui apprennent le Coran comme moi et qui sont très respectés dans cette ville. Nous allons sûrement passer une grande partie de la nuit à psalmodier les versets de notre Livre Saint. Alors, ne m'attends pas. Prépare ton repas et mange.

Il me promit que ce serait pour le vendredi suivant.
« Et attention au feu ! »

Avant de sortir, Sitahar caressa certaines parties de mon corps. Il jeta un coup d'œil sur sa montre pour calculer s'il lui restait encore du temps pour un plaisir plus tangible.
« Non, je vais rater le dîner »
Sitahar retint encore une fois son ardeur et sortit en soupirant.

VI.

Une demi-heure après son départ, un jeune homme est venu frapper à ma porte. Il était beau. Souriant. Timide. Il m'a dit qu'il s'appelait Issam. Il voulait passer la nuit chez moi. Il était très gentil. Il m'a donné dix dirhams. « C'est tout ce que j'ai », m'a-t-il avoué. Une nuit délicieuse. Le matin, il a décampé de bonne heure. « Je reviendrai ce soir ».

Il revint tous les soirs vers dix heures, sauf les vendredis.

VII.

Le deuxième jour après son arrivée à Youssoufia, Hadda sortit le soir pour faire un petit tour dans le quartier européen. « Il vaut mieux viser haut. Un ingénieur, pourquoi pas ? » Mais c'est Sitahar qui l'accosta, et lui dit à voix basse, sans la regarder, qu'il valait mieux pour eux de ne laisser entrer personne dans la hutte.

Il avait ses raisons : les nouvelles se répandent vite. Les gens diraient que Sitahar logeait une prostituée, en plus il avait peur que le feu ravage la nourriture des chèvres...

En réalité, c'était surtout l'envie d'avoir une seconde femme à lui tout seul. Une femme qui ne l'ennuierait pas tous les jours. Une machine à plaisir prête à fonctionner à tout moment. Une propriété privée au vrai sens du terme. Il aurait bien voulu avoir quatre femmes. Son Islam ne l'autorisait-il pas à varier ses sources de plaisir dans ce sens ? Malheureusement, Sitahar n'avait ni les moyens ni la force pour étancher toutes ses soifs. Déjà, c'était un miracle que la jeune et belle Hadda accepte de vivre dans une hutte tout en supportant un barbu médiocre, intolérant et obtus comme lui.

— Tu seras comme ma femme. Je subviendrai à tous tes besoins.
Il débita ses phrases d'un seul coup et hâta le pas sans se retourner comme s'il avait peur d'une réaction imprévue.

« Seulement, nous avions tort tous les deux. Il n'avait pas de document légal qui faisait de moi «comme sa femme», et je ne pouvais pas de mon côté me passer de mon gentil Issam qui passait six nuits sur sept dans ma hutte. Je te jure qu'à part ces deux hommes, je n'ai jamais fréquenté une autre personne ici à Youssoufia ».

VIII.

« Malheureusement, une nuit, vers vingt-trois heures, ton grand-père est arrivé à l'improviste. Il allait s'absenter le vendredi suivant. Pour éviter tout déséquilibre dans le temps réservé à ses plaisirs sensuels, il a eu la malencontreuse idée de venir chez moi pour passer la nuit. C'était un mardi.

La porte s'ouvrit tout doucement. Sitahar, qui avait horreur des allumettes, portait toujours sur lui une lampe de poche.
Soudain, un faisceau de lumière nous a baignés tous les deux : ton père et moi. Nous étions nus. Dans les bras l'un de l'autre. Nous venions juste de faire l'amour.

Désemparé et mort de honte, ton père a pris ses vêtements dans les bras et s'est enfui. Personne ne l'a jamais revu. Quant à moi, j'ai été bien rouée de coups. Sitahar m'a sommée de ne jamais révéler à quiconque ce qui s'était passé. »

Au moment où cet événement se produisit, Hadda était enceinte de deux mois. Les menaces proférées par son locataire ne l'empêchèrent pas de penser à Issam. Elle espérait le revoir. Tous les soirs, vers dix heures, l'oreille aux aguets, elle attendait vainement les trois petits coups furtifs du cher disparu.
Il ne revint plus.
« Plus tard, un ami de ton père est venu voir Sitahar pour lui annoncer la nouvelle. «Ton fils est en Belgique. Il m'a dit dans une lettre qu'il ne comptait plus revenir au pays» ».

Cette triste nouvelle anéantit les deux responsables de la fuite du jeune garçon. L'un ayant perdu son fils unique, l'autre un amour tant rêvé.

Sitahar et Hadda ne se fréquentaient plus. Ils ne se parlaient plus ou rarement. La future mère de Selma avait perdu tout l'éclat de sa beauté. Mais elle avait toujours droit à sa nourriture et à ses cinq cigarettes par jour. Elle ne pouvait plus quitter Youssoufia. Son ventre la gênait.

« Le jour de ta naissance, ton grand-père m'a proposé de t'adopter.
«Ce sera une bonne consolation pour la mère de Issam».
Et faisant fi de tout ce que je pourrais ressentir de cette séparation, il t'a arrachée à mes bras et emportée chez lui.

Depuis cette date, je me mets chaque jour à cette place, bien au soleil, pour te surveiller et te voir grandir. Je n'avais pas le droit de t'approcher, de te caresser ni de t'embrasser. Je ne pouvais plus quitter Youssoufia, que dis-je ? Même pas cette place ».

Hadda remonta le cours de sa vie. Elle évoqua ses sentiments, ses rêves, ses douleurs, les yeux braqués sur son passé désastreux, inattentive aux sanglots de sa fille.
Hadda continua à parler toute seule.

IX.

Dans le train qui l'emmenait à Safi, Selma voulut se renseigner sur les quartiers les moins chers de cette ville. « Comment ? lui répondit sa voisine, qui mâchait vulgairement son chewing-gum. Tu ne connais pas Safi ? C'est à quatre-vingt kilomètres d'ici. La ville des ouvriers, des musclés, des marins. La ville de la pollution, de la poussière, de la prostitution. A Nouail (« Les huttes »), tu peux trouver un logement pas cher. Là-bas Dieu soit loué, on se la coule douce de temps en temps, surtout N'harlkinza - le jour de la quinzaine. Bien sûr, il y a les capricieux et les vicieux qui...

Le grand mensonge

I.

Comme d'habitude, ce matin, je me suis rendu dans la petite chambre qui me sert de bureau et qui se trouve au fond du jardin. C'est là que je me cloître, souvent pendant de longues heures, délaissant mes obligations familiales, pour lire ou pour écrire. Et parfois même, mais très rarement, pour méditer.

J'ai donc mis un peu d'ordre dans mon lieu de travail, avant de commencer à chercher un sujet qui pourrait intéresser mes lecteurs. Le mot « lecteurs » est un peu fort, surtout quand on sait que mon public se limite à ma femme et mes deux enfants.

Au bout d'une demi-heure, j'étais incapable de trouver une histoire intéressante qui pourrait ne pas ennuyer ma famille ni susciter sa colère, car souvent la critique tourne à la dérision, parfois même à la moquerie. Surtout de la part de ma femme, qui qualifie toujours mes recherches de « paresse déguisée ».

Je suis sorti alors pour faire un tour dans le jardin et respirer l'air frais, dans l'espoir de dénicher une nouvelle salvatrice. Je parlais tout seul en arpentant le lieu. Voyant que l'inspiration me boudait, j'ai fumé deux ou trois pipes de cannabis, dose nécessaire pour une créativité artificielle, avant de rejoindre mon bureau et de plonger, la tête la première, dans les abîmes de la fiction, quitte à ne pas plaire à ma progéniture une fois de plus.

En y entrant, j'ai trouvé trois personnes que je ne connaissais pas et qui avaient l'air d'attendre mon retour. Trois hommes assis près de la table à laquelle je travaillais. Le plus âgé, la cinquantaine, avait l'air d'un campagnard quelconque. Ses habits sales, son visage ridé et ses mains tannées attestaient la misère. Il tenait un long bâton. L'autre, plus jeune, se distinguait au contraire par son aspect vestimentaire très soigné. Il portait une djellaba blanche immaculée, un tarbouche rouge et des babouches jaunes. Quant au troisième, habillé à l'occidentale, il avait à peu près mon âge.

Que voulaient-ils ?

Par où étaient-ils entrés ?

Qui leur en avait donné l'autorisation ?

Je me suis dit qu'il s'agissait peut-être d'estivants qui voulaient louer une maison. Cette pratique est fréquente dans notre ville côtière, surtout en été. Mais la période des grandes vacances n'était pas encore arrivée.

Les trois hommes étaient en train de discuter vivement entre eux, mais à voix basse.

Des policiers peut-être ? Mais je n'ai rien fait qui soit hors la loi !

Quand je leur ai demandé si je pouvais les aider, ils ont échangé des regards hésitants. J'ai senti qu'ils étaient un peu tendus, qu'ils voulaient bien me renseigner sur le motif de leur visite, mais qu'aucun des trois ne souhaitait prendre l'initiative.

— En quoi puis-je vous être utile messieurs ? Si je peux vous aider...

C'est alors que le plus âgé a pris la parole en disant :

— C'est nous qui sommes venus vous aider, monsieur.

— M'aider en quoi ? Je ne fais pas de travaux chez moi, je ne déménage pas... et je n'ai jamais demandé à qui que ce soit de m'envoyer des gens pour m'aider.

— Calmez-vous, monsieur. C'est une initiative personnelle. Depuis plus d'un mois, nous avons remarqué que vous peiniez à commencer votre nouvelle histoire. Vous craignez la critique de votre famille. Alors, nous avons décidé de venir vous donner un coup de main.

Comment savaient-ils que j'avais de la peine à écrire la moindre nouvelle ? Qui leur avait parlé de la critique souvent acerbe de ma femme ?

Je n'ai pas voulu me lancer dans une enquête qui risquait de prendre énormément de temps, j'ai donc poursuivi :

— Vous êtes des écrivains alors ?

— Non monsieur, nous ne sommes pas des écrivains. Permettez-nous d'abord de nous présenter. Nous deux - et il désignait l'homme à la djellaba blanche immaculée - nous sommes les futurs personnages de l'histoire que vous comptez écrire. Notre projet est d'élaborer, nous-mêmes, notre propre récit. Cela fait un bon moment que nous vous laissons parler librement. Vous orchestrez selon votre gré le déroulement des événements. Vos personnages n'ont jamais eu l'occasion de prendre la parole pour agir sur le devenir de vos récits. Mêmes vos lecteurs adoptent passivement vos points de vue.

Nous voulons donc que vous nous accordiez le privilège de construire nous-mêmes notre propre récit. Pour une fois, vous allez nous léguer quelques droits pour que nous puissions, nous aussi, nous exprimer librement.

Il ne manquait plus que ça !

A vrai dire, j'étais furieux contre ces envahisseurs qui voulaient me déposséder d'une partie de ma liberté. Ils venaient m'agresser dans ma propre chambre ! Pour moi, c'était une mutinerie, un coup d'état. Des provocateurs qui voulaient me déstabiliser en m'imposant leur propre loi.

Comme ils semblaient décidés à aller jusqu'au bout de leur projet, j'ai opté pour un discours modéré. Je voulais les dissuader afin qu'ils retournent vivre tranquillement dans le récit qui leur serait accordé.

J'ai donc entamé mon argumentation tout en pensant à un petit récit qui avait traversé mon esprit comme une étincelle.

— Vous savez, l'histoire que je compte raconter à ma famille ne mérite certainement pas d'intervention de votre part. C'est un récit simple. Il n'y a pas d'intrigue. Il n'y a pas de héros principal, ou plutôt tous les personnages sont des héros.

Il s'agit de quelqu'un qui partait pour la capitale. Il allait représenter sa tribu au parlement. Il était habillé d'une djellaba blanche immaculée, il portait un tarbouche rouge et des babouches jaunes.

Les trois étrangers ont échangé des regards plutôt malicieux. Regards de policiers qui remarquent que l'accusé va passer aux aveux.

J'ai continué :

— L'homme à la djellaba blanche immaculée avait tenu à ce que la tribu entière l'accompagne jusqu'au fossé qui barrait la piste à tout véhicule. Au-delà de cette tranchée, du côté du souk, une limousine noire l'attendait. Sa femme y avait déjà pris place. Elle était tellement maquillée que beaucoup de ses voisines avaient du mal à la reconnaître. Certaines l'avaient même prise pour sa secrétaire à cause de son aspect vestimentaire et de sa coupe de cheveux.

L'élu a escaladé un rocher qui surplombait la piste et sur lequel étaient écrites, en rouge, quelques lettres fraîchement repeintes. Il a improvisé un court discours pour remercier les habitants qui l'avaient soutenu, sans condition, depuis son arrivée dans la tribu. Il a insisté encore une fois sur les démarches qu'il allait entreprendre lorsqu'il rejoindrait la capitale pour que les habitants de sa tribu puissent enfin jouir de leur richesse minière.

A la fin de ce discours, le cheikh a jeté son bâton par terre pour applaudir frénétiquement.

Sa femme a lancé un strident youyou.

Toute la tribu les a imités.

Les habitants étaient fiers de leur représentant.

Et il est parti.

Depuis ce jour-là, seuls quelques villageois affirmaient l'avoir vu, de temps en temps, à la télévision. Il avait pris du poids. Il somnolait tout le temps dans son confortable fauteuil de parlementaire.

Il n'a jamais remis les pieds dans sa tribu.

Le vieil homme m'a interrompu en me signalant qu'apparemment je n'avais pas bien saisi l'objet de leur mission.

— Ecoutez monsieur, m'a-t-il précisé, nous vous demandons de céder la parole à votre narrateur. Et il a désigné l'homme qui avait à peu près mon âge. Vous ne devez en aucune manière être présent dans cette histoire.

Mettez-vous à l'écart, et suivez tranquillement l'élaboration de ce récit.

Maintenant que vous avez commencé cette histoire, nous sommes obligés de faire avec et d'essayer de la faire évoluer dans le temps et dans l'espace. Je vais prendre les choses en main. Oublions donc cette intervention et revenons à notre sujet.

Et c'est ainsi qu'ils m'ont dépossédé de ma nouvelle.

Le vieil homme m'a regardé droit dans les yeux, il a continué :

II.

La tribu dont vous parlez, et qui se trouve à 37 kilomètres au sud-est de la ville de Safi, s'appelle « Ouled M'rah ». Elle a toujours vécu repliée sur elle-même. Formé de plateaux semi désertiques et frappé d'une sécheresse continue, son territoire semble être oublié par l'Histoire. Ni les conditions climatiques, ni les décisions politiques n'ont joué en sa faveur. Ces injustices aux allures d'une malédiction divine n'ont fait que souder davantage les habitants. Désabusés, ces derniers ont compris que pour venir à bout de leurs innombrables problèmes, ils ne peuvent compter que sur leurs propres moyens.

Aussi, petits et grands luttent-ils, sans relâche, pour survivre.

Ce monde qui semble sempiternellement figé a été cependant bouleversé le jour où, par erreur peut-être, les autorités politiques ont décidé d'y faire construire une école, afin, soi-disant, de lutter contre l'analphabétisme et de promouvoir l'instruction dans le milieu rural.

A ce moment-là, le narrateur qui était resté silencieux depuis le début de notre conversation est intervenu. J'ai senti qu'il était un peu dérangé, parce que le vieil homme commençait à empiéter sur son domaine. Le jeune homme lui a rappelé gentiment qu'il ne devait en aucune manière parler des événements généraux ni des décors, que ses interventions devaient se limiter à sa propre personne à lui.

Le vieil homme a grommelé des mots incompréhensibles. Et le narrateur a poursuivi le récit :

Aussi, par une belle journée d'un mois de mai, une petite salle de classe en préfabriqué s'est-elle miraculeusement dressée au sommet d'une colline. Durant tout l'été qui a suivi cette fausse note gouvernementale, les parents ont regardé avec suspicion cet édifice qui pourrait accaparer leur progéniture pour de longues années s'ils ne prenaient pas toutes les mesures nécessaires. Vigilants, ils ont oublié leurs querelles intestines, ont serré les rangs et redoublé leurs efforts pour faire échouer le projet en question.

III.

Je suis arrivé, a déclaré l'homme à la djellaba blanche immaculée, au début de l'année scolaire. Personne n'a su comment j'avais pu atterrir dans cette contrée oubliée. J'étais encore jeune, fraîchement débarqué du Centre de Formation des Instituteurs. Mon cartable usé et bourré de schémas méthodologiques, de formules didactiques et de démarches pédagogiques, glanés péniblement au cours de mon cursus, me procurait un certain prestige. Evidemment, il n'y avait pas d'élèves. Mais en tant que maître, j'ai reçu d'innombrables variétés de repas envoyés par les familles qui habitaient aux alentours de l'école.

Le campagnard est de nouveau intervenu. Le narrateur n'a pas réagi.

Conscient des menaces qui pesaient sur moi en tant que cheikh qui représentait les autorités locales auprès du ministère de l'intérieur, j'ai essayé vainement de faire démarrer l'opération anti-analphabétisme. Je n'ai pas pu digérer mon cuisant échec. J'avais des soucis, surtout que le caïd, mon supérieur direct après ma femme, n'avait cessé de me rappeler que cette opération devait réussir à tout prix.

J'ai senti que la situation allait se compliquer davantage, alors je suis allé voir l'instituteur pour le supplier de rester dans la tribu. Je l'ai assuré qu'il serait bien entretenu et qu'il ne manquerait de rien. Les listes fictives des élèves inscrits seraient déposées par moi-même auprès du directeur dont relevait le nouvel établissement. Ce dernier avait son bureau à Gzoula, un petit village situé à vingt kilomètres des Ouled M'rah.

Le narrateur lui a coupé la parole :
Le maître ne demandait pas mieux : il craignait d'être muté dans un coin plus perdu encore. Mais il était quand même un peu inquiet. Et si un inspecteur de l'enseignement venait un jour lui rendre visite ? Hypothèse irréalisable dans le futur, vu l'état de la piste.

Le directeur, qui habitait au village de Gzoula - faut-il le rappeler - ne pouvait pas, lui non plus, se lancer dans une aventure si risquée. Il avait fermement décidé de ne jamais se hasarder loin de son village, depuis le jour où, voulant visiter une école qui était aussi loin que celle des M'rahi, il avait pris un taxi. En ces temps-là, les directeurs des écoles primaires ne disposaient d'aucun moyen de transport pour accomplir leurs tâches pédagogiques dans des conditions normales. Si bien qu'on les voyait souvent faire la tournée des écoles relevant de leurs districts ou de leurs zones, à dos d'ânes ou de mulets.

Un jour donc, le directeur avait pris un taxi. Ne connaissant pas bien la région, le chauffeur s'était trompé de piste. Les deux voyageurs avaient passé une demi-journée à la recherche de l'introuvable école. Fâché, le conducteur avait abandonné, sans vergogne, le représentant du Ministère de l'Education Nationale, de la Formation des Cadres et de l'Enseignement Supérieur (ouf !), dans un magnifique paysage lunaire. Celui-ci avait mis deux longues journées pour retrouver les siens.

L'instituteur n'avait donc pas de souci : aucun de ses deux chefs directs ne pourrait lui rendre visite !

IV.

J'ai donc accepté l'offre qui m'a été proposée. Et le jour où ce pacte historique a été scellé, le cheikh, en tant que représentant des autorités locales, a inauguré son premier succès en m'autorisant à partager la salle de classe, à l'aide des planches des bancs et des tables, en deux parties égales. Une chambre à coucher, avec en guise de lit, le tableau posé horizontalement sur quelques grosses pierres. L'autre partie a été réservée à la réception. Mais comme je ne recevais personne, cette partie de l'ex-salle de classe est devenue un lieu de rencontre des M'rahi pour y discuter, le soir, de leurs problèmes et de leur misère ou pour jouer, de temps en temps, aux cartes ou aux dames. Les vendredis et les jours de fêtes, elle servait de mosquée. On lui a donné le nom simple et modeste de « La Chambre ».

Voulant me débarrasser une fois pour toutes de mes craintes, une nuit, j'ai pris une pioche et une pelle que j'avais achetées auparavant et je suis allé très loin, à cinq kilomètres du douar. Là, j'ai creusé un profond fossé sur toute la largeur de la piste qui menait à l'école. « Comme ça je serai tranquille ! » ai-je pensé avec soulagement. J'étais tellement rassuré que j'ai voulu recopier cette phrase sur le rocher qui surplombait la piste. Malheureusement, il n'y avait pas assez de place. Je me suis contenté d'en recopier, avec de la peinture rouge, seulement les initiales des mots : « Cçjst ».

Le jour suivant, quelques paysans qui se rendaient au marché hebdomadaire (le souk), ont découvert le mystérieux fossé. Etait-ce le signe avant-coureur d'une abjecte subversion ? Un complot terroriste qui se tramait ? En tout cas, il fallait en aviser le cheikh, qui, à son tour devrait aviser ses supérieurs, et plus particulièrement le caïd, afin de déjouer les plans des ennemis de la Nation.

En écoutant le narrateur, le campagnard est devenu blême avant de poursuivre, lui-même, le récit :
En apprenant la mauvaise nouvelle, j'étais traumatisé. Je me voyais dépassé par les événements. J'avais peur que les responsables ne

découvrent les transformations apportées à l'école. J'ai pu, toutefois, dissimuler mon désarroi. Et j'ai décidé de ne rien signaler au caïd, ni à ma femme. Comment pouvais-je faire, moi, qui suis sensé être au courant de tout ce qui se passait dans la région ? Comment ma femme fermerait-elle les yeux sur cette faute professionnelle impardonnable si jamais, par hasard, des jacasseuses de la tribu venaient l'informer du mystérieux fossé ? Je savais pertinemment que mon épouse ne laisserait pas passer cette opportunité sans exiger un cadeau cher comme prix de son silence.

Et tu as songé à moi, encore une fois, lui a déclaré l'instituteur en souriant. Car, a-t-il poursuivi, j'étais la seule personne qui puisse t'aider à sauver le peu de dignité qui te restait. Le soir même, tu es venu me voir.

L'homme à la djellaba blanche avait l'air agressif et moqueur envers son interlocuteur. Le déconsidérait-il parce qu'il avait l'air misérable ? Ou bien le rang de parlementaire exigeait-il ce comportement hautain ?

Assis sur une grosse pierre, le mistrou (de *maestro*), comme le surnommaient les femmes de la tribu, était en train de causer avec des campagnards venus chercher de l'eau dans un puits près de l'école. Il était fier de ce public qui formait un demi-cercle autour de lui, fier du sujet abordé librement et fier enfin de la participation collective au débat.

Heureusement qu'il n'avait pas affaire à des gamins à qui le Ministère de l'Education Nationale, de la Formation des Cadres et de l'Enseignement Supérieur (encore ouf !) avait imposé des sujets à discuter en classe, lors des activités orales ; sujets qui n'avaient pratiquement rien de commun avec leur propre vécu.

Le cheikh l'a pris à part et lui a chuchoté :
Le caïd m'a parlé d'une compagnie qui va venir effectuer des prospections dans la région, mais il a oublié de me parler du message qu'elle a laissé sur un rocher. Peux-tu venir avec moi pour me le

lire ? C'est un peu loin, mais nous prendrons des mulets.

Depuis leur première affaire conclue avec succès, l'instituteur et le cheikh avaient décidé de se tutoyer sans aucun complexe. «Voyons ! Pas de protocole entre amis ! »

Le maître a réfléchi un moment à la proposition du représentant des autorités locales, mais comme il n'avait rien à faire (pas de préparation de cours pour le jour suivant, pas de copies d'élèves à corriger, pas d'élèves, pas d'école...), il a accepté de l'accompagner.

Ayant remarqué que je voulais intervenir à mon tour, l'homme à la djellaba blanche immaculée m'a averti que rien de ce que j'allais dire ne serait pris en considération dans leur propre histoire. Je l'ai assuré que je n'avais nullement l'intention d'agir sur le déroulement des événements, mais que je voulais tout simplement apporter quelques précisions, ou plutôt un avertissement.

Chers lecteurs (je m'adresse à ma famille), vous voilà vous aussi embarqués dans ce récit, cahotés par les informations qui vous secouent tels des naufragés qui s'accrochent à un radeau pour lutter contre les gigantesques vagues d'une mer agitée. Votre seul espoir est d'atteindre la terre ferme malgré les récifs des temps verbaux, des types de discours, des focalisations... qui jonchent votre parcours.

Coincés vous aussi dans cette petite chambre, vous écoutez curieusement ces trois étrangers intervenir à tour de rôle. L'atmosphère est très tendue entre les personnages. Elle risque d'exploser d'un instant à l'autre. Vous regrettez, sans doute, mes histoires simples qui se déroulaient sans problème et qui ne nécessitaient pas d'effort de votre part.

Bien que vous soyez impressionnés par l'homme à la djellaba blanche immaculée, et que vous éprouviez, peut-être, de la sympathie pour le vieux campagnard, vous vous demandez tout de même si l'issue de ce récit sera intéressante et vraisemblable.

Chers lecteurs, rassurez-vous, moi non plus je ne sais pas comment cette aventure va se terminer...

Et de nouveau le vieil homme m'a interrompu sous prétexte que les interventions fréquentes pouvaient perturber l'attention des lecteurs. Ils risquaient de perdre « le fil conducteur ». Mais y avait-il vraiment un « fil conducteur » dans ce magma d'informations ?

Je me suis plié à la volonté du vieil homme qui s'est retourné vers le narrateur pour lui demander de poursuivre.

V.

Ils sont arrivés sur les lieux. Trois petits bergers étaient là face au mystérieux rocher. Le cheikh les a autoritairement congédiés.

Fronçant les sourcils, l'instituteur a contemplé avec délectation l'œuvre qu'il avait accomplie la veille. Les lettres, écrites en gros caractères rouge vif, luisaient sous l'effet des derniers rayons du soleil couchant. « Ce n'est pas du français », a déclaré le mistrou.

Cette annonce a pulvérisé ce qui restait de la mince chance de réussite du cheikh. Pour l'intriguer davantage, l'instituteur s'est contenté d'une supputation qu'il a habilement drapée dans le jargon d'une vérité générale : « C'est sans doute du pétrole découvert par une société allemande ou russe ».

Je ne te pardonnerai jamais ce mensonge, lui a déclaré le vieil homme sur un ton de colère et de reproche.
Toi aussi tu as menti à tout le monde, a rétorqué le parlementaire.

Du pétrole ! Le mot a fait le tour de la tribu à la vitesse des incendies qui ravageaient souvent ses maigres récoltes. Enfin, les M'rahi allaient devenir riches !

Le cheikh, qui n'avait bien entendu aucune idée sur l'or noir, voyait déjà toutes les collines se transformer en pâturages. Lui-même devenu président d'une coopérative laitière. Il aurait un puissant cheval noir destiné uniquement à la fantasia lors des nombreux festivals qui se tenaient en été. Toutes les régions avoisinantes viendraient lui solliciter une aide quelconque. L'Etat même le récompenserait sûrement pour ses valeureux services.

Les yeux brillants, le cheikh s'est secoué et a déclaré d'une voix triomphale :
Le caïd me respectera. Il ne haussera plus le ton avec moi. Il me courtisera en me disant « S'il vous plaît Monsieur... Ayez

l'obligeance Monsieur... Si cela ne vous dérange pas Monsieur... ».
Et moi, j'invectiverai le pauvre caïd : «Tu ne peux pas faire attention
... Ce n'est pas possible !... Qu'est-ce que tu fais ici toi ? »

Ma femme ne me terrorisera plus. Elle ne lèvera plus la main sur moi. Elle me cajolera en disant : « Mon amour ! ... Chéri... mon cœur... ». Et moi, je la comblerai de cadeaux inestimables.

Voyant que ce rêve aux allures de monologue allait porter sur des détails qui risquaient d'ennuyer les lecteurs, le mistrou a pris la sage décision de l'interrompre et s'est attaqué à la progression du récit :

Le soir même, j'ai conseillé aux habitants de ne jamais divulguer le secret de leur richesse imminente. L'enjeu était d'une importance telle que l'Etat pourrait leur confisquer leurs terres. Ils n'avaient le droit d'évoquer ce mot magique que dans La Chambre lors des réunions nocturnes. J'ai insisté particulièrement sur la profondeur du fossé et sur les lettres inscrites sur le rocher qui devaient rester à tout prix intactes.

J'avais eu raison d'assurer à la tribu que je me chargerais moi-même de ces deux points, a précisé le cheikh.
En effet, le représentant des autorités locales avait déjà mesuré la profondeur du fossé à l'aide d'un long bâton, et il en gardait secrètement les mesures. Personne n'a remis en question son intégrité ni son incorruptibilité.

Aussi, toutes les réunions nocturnes avaient-elles pour thème : le pétrole. Parler de jeu de cartes ou de dames devint un tabou. On écoutait les analyses techniques et confuses de l'instituteur même si on ne comprenait rien. On hochait silencieusement la tête de haut en bas tout en se gardant de prononcer un mot, de peur de dire une sottise qui trahirait son ignorance dans le domaine de l'or noir.

Plus tard, on voyait le représentant des autorités, chaque soir, son bâton à la main, se diriger vers le fossé pour vérifier si les mesures n'étaient pas altérées, ou pour repeindre les lettres du rocher. Parfois, il faisait appel à l'un de ses ouvriers qui, à l'aide d'une pioche et d'une pelle, réajustait les mesures.

Et c'est ainsi que je suis devenu membre à part entière de la tribu. Le directeur, à Gzoula, recevait les listes fictives mais légales des soi-disant élèves scolarisés. Il recevait en même temps d'autres documents traitant du nombre d'unités didactiques prévues pour chaque trimestre, des types d'activités programmés pour les apprenants. Je lui proposais même certains exemples d'exercices d'évaluation.

Avec le temps, cette paperasse est devenue un rite que le mistrou accomplissait périodiquement au cours de l'année scolaire.

VI.

Au début, je m'ennuyais un peu, surtout quand tout le monde partait aux champs ; mais j'ai fini par m'adapter à ma nouvelle vie, donnant de temps en temps un petit coup de main aux rares paysans qui travaillaient près de chez moi. Plus tard, ma situation financière s'est améliorée. Je recevais régulièrement ma paye. J'ai économisé une bonne somme d'argent, mais je ne savais quoi en faire. Je voulais être riche. Mais comment y parvenir ? J'ai fini par prendre une décision qui a chamboulé le mode de vie de la tribu.

Les lèvres tremblant de colère, le vieil homme s'est retourné vers l'instituteur et l'a pointé de son index :
Toutes les décisions que tu as prises ont chamboulé, comme tu dis, le mode de vie de notre tribu. Nous étions naïfs. Tu n'as jamais pensé à nos intérêts.

J'ai senti que le cheikh était en effervescence. J'avais peur qu'il saute sur l'homme à la djellaba blanche immaculée pour l'étrangler dans mon bureau, devant moi, surtout qu'ils étaient assis l'un à côté de l'autre. Je me suis donc levé pour les calmer et les séparer. J'ai cédé ma place qui était de l'autre côté de la table au vieil homme. Je craignais qu'un accident ou un crime ne se produise dans ma chambre pour voir débarquer les autorités chez moi, surtout que j'ai horreur de tous les hommes en uniformes (gendarmes, policiers, soldats, douaniers, sapeurs-pompiers, facteurs…). Mais j'avais surtout peur qu'une partie de mes lecteurs, et plus particulièrement ma femme, n'arrive à l'improviste, comme il lui arrivait assez souvent, pour déverser ses reproches et me rappeler ma « paresse déguisée ».

Une fois que ma petite chambre a eu retrouvé son calme habituel, je me suis retourné vers le narrateur, qui avait gardé son sang-froid, et je l'ai prié de continuer le récit. Personnellement, j'étais emporté par les péripéties de cette histoire et je voulais vraiment connaître son aboutissement.

La salle d'attente fut réaménagée en petite épicerie, ce qui plut énormément à la tribu, surtout au cheikh qui, tyrannisé par le caïd et persécuté par sa femme, avait l'habitude d'oublier une bonne partie des achats nécessaires.

En entendant le narrateur parler ainsi, le vieil homme a voulu réagir à nouveau, mais je suis parvenu à le calmer une seconde fois.

Rudoyé au souk comme chez lui, le représentant des autorités locales voyait donc en cette épicerie une aubaine qui le délivrerait au moins d'une petite partie de ses soucis. Finis donc les longs et exténuants déplacements jusqu'au village pour s'approvisionner. Tout était là : sucre, huile, thé, savon, sel, bougies, menthe...

Quelques mois après, je me suis rendu compte que les marchés hebdomadaires gênaient terriblement la floraison de mon commerce, et qu'il n'y avait pas moyen d'empêcher une bonne partie de ces campagnards d'aller au souk de Gzoula pour vendre ou pour acheter une bête, ou, tout simplement, pour faire leurs achats.

Alors j'ai changé de stratégie. J'ai gardé la boutique et je me suis acheté une ancienne grosse voiture diesel et une vieille mule.
Et j'ai commencé à faire du transport en commun.

Les premières semaines ont été très dures : n'ayant pas d'autorisation pour exercer son nouveau métier, le mistrou se voyait quotidiennement harcelé par les gendarmes. Mais il a fini par leur faire comprendre qu'il n'abandonnerait pas. Il avait assimilé les méthodes étonnamment efficaces de la tribu. Il a remporté cette bataille contre les hommes en uniformes et il a été admis à transporter illégalement les habitants de la tribu, moyennant, bien entendu, un pourcentage de ses gains à l'adjudant-chef de la gendarmerie.

Le vieil homme ne réagissait plus depuis un moment. Assis là en face de moi, il écoutait malgré lui l'ex-instituteur et le narrateur lui rappeler un passé douloureux.

VII.

Chaque matin, le maître prenait sa mule pour se rendre à Tnine Ghiat, un petit douar sur la route de Gzoula. Là, il attachait sa bête près d'un dispensaire abandonné, lui donnait à manger et, faisant chauffer le moteur de sa vieille voiture, il commençait à crier : « Gzoula ! Gzoula ! Encore une place ».

Le soir, il garait son véhicule devant le moulin et reprenait sa mule pour rentrer chez lui. Personne ne pouvait se passer des services de l'instituteur : femmes malades qui devaient se rendre chez les guérisseurs, vieillards qui ne pouvaient plus supporter les longs déplacements à dos de bêtes, marchands de volailles, de bétails, de grains ou de légumes… La voiture du maître était prête à tout transporter.

J'aurais aimé conduire mon engin jusqu'à l'école, ne serait-ce que pour impressionner les rares indécis qui persistaient à utiliser encore leurs moyens de transport traditionnels. Malheureusement, je ne pouvais pas : le fossé qui barrait la piste était tellement profond que toute tentative pouvait s'avérer catastrophique.

Le vieil homme qui, je le croyais, avait retrouvé son calme, a manifesté une nouvelle fois sa colère en s'adressant au mistrou et en lui criant :
Et moi, j'aurais aimé t'enterrer vivant dans ce fossé !
Je suis intervenu encore une fois pour calmer le cheikh.

VIII.

Depuis le jour où la situation socio-économique de l'instituteur avait commencé à évoluer positivement, beaucoup de familles se sont lancées dans des stratégies inextricablement compliquées pour le marier. On n'hésitait pas à lui faire envoyer des repas par des filles légèrement habillées et exagérément maquillées. Toutes les femmes de la tribu, déterminées, quel qu'en soit le prix, à avoir le mistrou comme gendre, exigeaient de leurs filles qu'elles restent avec lui jusqu'à ce qu'il ait fini son repas pour... rapporter les ustensiles. Il fallait bien que quelqu'un (ou quelqu'une) lui tienne compagnie afin qu'il puisse manger à son aise.

Mais le maître demeurait insensible à toutes ces offres indirectement généreuses : la veuve Batoul qui venait chaque soir, vers vingt-et-une heures, chercher sa bougie, comblait largement certains de ses besoins.

Cette fois, le vieil homme s'est mis debout pour s'adresser à moi dans l'intention de me prendre à témoin :

Comment voulez-vous que je reste calme ? Voilà le narrateur qui commence lui aussi à médire de nos femmes et de nos filles. A l'entendre parler ainsi, vous allez croire que nos adolescentes courent derrière le premier étranger qui vient chez nous. Ce qui est tout à fait faux.

J'ai fait remarquer au cheikh que nous n'étions pas dans un tribunal. Je lui ai rappelé que c'était lui-même qui avait exigé la liberté d'expression des personnages, qu'il pouvait lui aussi dire ce qu'il voulait, sans gêne, au sujet de l'instituteur.

Et bien, si c'est comme ça, moi je vais vous dire ce qui s'est passé ensuite.
Va donc ! Nous t'écoutons.

IX.

Le jour où le pays allait organiser ses premières élections parlementaires, l'instituteur a compris rapidement que son heure de gloire avait sonné. Il ne devait en aucune manière rater cette occasion inespérée. Pour parvenir à son objectif, il a demandé à ma femme la main de ma fille. Le mariage a été célébré dans l'intimité. Et mon gendre, que voici, s'est installé avec son épouse chez moi.

C'est toi qui as exigé qu'on s'installe chez toi, a déclaré l'ex-instituteur d'une voix gênée. Tu avais peur du qu'en dira-t-on : le gendre du représentant des autorités habite dans une salle de classe délabrée !

Tous les documents nécessaires à la constitution de son dossier de candidature parlementaire libre et sans étiquette politique ont été produits, avec difficulté. Certains ne se gênaient pas pour répéter que tous les papiers de ce dossier étaient faux ou produits d'une manière douteuse.

L'instituteur s'est consacré alors, corps et âme, à sa campagne électorale. Il a insisté auprès des habitants sur un seul point essentiel et déterminant : il userait de tout son poids auprès du gouvernement pour faire sortir des entrailles de la terre leur richesse tant attendue. Les ouvriers, ceux qui ne possédaient pas de terres, n'étaient pas très enthousiastes. Alors, le cheikh a collecté une certaine somme d'argent auprès de tous les paysans pour acheter les voix des indécis. Il a promis à ces derniers un pourcentage sur les revenus de l'or noir.

Tout le monde était content.
Les Mrahi étaient fiers de leur futur représentant.
Le jour du scrutin, l'ex-mistrou a largement devancé tous ses adversaires.

Tu as vendu alors tous tes biens, y compris l'école, et t'es acheté une somptueuse limousine noire. Ma fille, qui était sans doute de connivence avec toi, s'est rendue en ville - la veille de votre départ pour la capitale - pour se faire couper les cheveux. Elle en a ramené une grosse boîte de maquillage qui a rendu les jeunes filles de la tribu toutes blêmes.

Elle a même abandonné définitivement le port du foulard.

Le vieil homme continuait à accuser son gendre. Il lui reprochait d'avoir induit toute la tribu en erreur. Ils en sont venus aux mains.

Voulant attraper le mistrou par le col de sa djellaba, le cheikh a renversé la table qui me servait de bureau. Quelques livres sont tombés par terre. Le portrait de ma femme, qui trônait sur la table, a été piétiné et cassé. Un portrait auquel je tenais beaucoup, car chaque fois que ma femme s'emportait contre moi, je commençais à l'épousseter. Et ce geste simple mais plein de sens finissait toujours par la calmer.

Les deux personnages criaient. Ils se roulaient comme deux bisons en période de rut, renversant tout ce qui se trouvait autour d'eux.

Ayant entendu le bruit, ma femme et mes deux enfants sont arrivés en courant. Mon bureau était sens dessus dessous.

Le jour où j'ai quitté la clinique psychiatrique, le médecin traitant m'a interdit de m'isoler dans ma petite chambre située au fond du jardin. Il a averti ma femme et mes deux enfants que de nouvelles crises pourraient m'être fatales.

Les deux fesses

I.

Ils venaient de Khmis Negga, de Ras El Aïn, de Youssoufia, de Sidi Tiji et de tous les douars des alentours du petit village de Chemmaia. Ils fuyaient leurs terres et se dirigeaient par centaines vers la ville de Safi, à quatre-vingt kilomètres à l'ouest, dans l'espoir de trouver un travail. La sécheresse qui sévissait depuis des décennies leur avait fait perdre le peu de bétail qui leur restait.

S'appuyant sur un long bâton, Rahou ouvrait cette marche lugubre. Sa longue barbe blanche qui flottait dans l'air, découvrant de temps en temps la petite croix en bronze qu'il avait accrochée sur son djellaba au niveau du cœur, ses pas réguliers et bien rythmés, laissaient voir une certaine détermination chez cet homme de quatre-vingts ans.

Moïse conduisant le peuple d'Israël vers la Terre Promise.

Derrière lui, ses compagnons se traînaient par petits groupes. Ils étaient exténués. Visages sombres, ils avançaient péniblement le long du sentier très accidenté, oubliant, enfin, tous les problèmes qui les opposaient avant cette migration forcée. Sous un soleil accablant, les gémissements des vieillards et les pleurs des petits qui ne supportaient plus la fatigue, venaient troubler de temps en temps cette marche tristement silencieuse.

II.

Après avoir été dépossédés de tous leurs biens par cette nature inhospitalière, beaucoup d'habitants avaient quitté les lieux depuis des années. Seules deux bourgades situées l'une en face de l'autre, mais sur deux collines opposées, avaient résisté à cette sécheresse inhabituelle. La petite source d'eau qui se trouvait au creux des deux collines avait retardé leur départ sans toutefois calmer leurs esprits. En effet, ces deux tribus étaient en conflit depuis des générations à cause du petit filet d'eau qui formait une frontière naturelle entre les deux belligérants, et qui serpentait sur une centaine de mètres avant de disparaître, ingurgité par la terre assoiffée. Chaque tribu accusait l'autre de ne pas respecter le planning d'exploitation de ce bien très cher. Aussi, la guerre entre ces deux frères ennemis n'avait-elle jamais connu de répit. Les habitants des deux camps se tenaient tout le temps sur leur garde. Gare à celui qui faisait un faux-pas. Avant de prendre une décision quelconque, chaque tribu devait consulter son conseiller de guerre. On analysait minutieusement le pour et le contre d'une riposte, d'une défense, d'une attaque ou d'une contre-attaque.

Pour cela, la tribu Ouled M'rah avait entièrement confiance en Rahou, un vieil homme moustachu qui avait fait la campagne d'Indochine avec l'armée française.

Personne n'osait remettre en cause son savoir-faire guerrier, eu égard aux innombrables et brillants exploits qu'il avait réalisés à l'autre bout du monde. N'avait-il pas tué, à l'aide de son kalachnikov, des centaines de soldats aux yeux bridés ? N'avait-il pas fait prisonniers des milliers d'Indochinois ? Que serait la France aujourd'hui sans les valeureux services qu'il lui avait rendus ?

Chaque fois que l'occasion s'en présentait, Rahou le répétait à son auditoire qui n'avait, bien entendu, aucune idée sur l'évolution du monde et qui avait toujours vécu à l'écart des conflits mondiaux, ne se souciant que des problèmes qui se posaient au niveau de l'exploitation de l'eau de la source :

« Reni Coty, le prizidane de la France, m'a remis en pirsonne citte midaille », et il exhibait fièrement une minuscule croix en bronze qui avait perdu tout son éclat et que l'ex-soldat gardait jalousement au fond du capuchon de son djellaba, bien enveloppé dans un petit bout de tissu tout crasseux.

Personne n'avait jamais compris à quoi pouvait servir ce morceau de métal. Personne n'avait jamais entendu parler de « Reni Coty ».

Grâce à son expérience et au petit poste de radio qu'il avait ramené avec lui - preuve tangible qu'il avait bien quitté le pays -, Rahou était devenu l'érudit, le politicien, l'intellectuel de toute la région, bien qu'il ne sût, comme tous les autres habitants, ni lire ni écrire. Il lui arrivait même d'analyser méticuleusement la politique française, critiquant acerbement l'hégémonie américaine et se mettant hors de lui chaque fois qu'il évoquait la misère du continent africain. Comme ils ne comprenaient rien à ce que disait ce vieux poilu, les habitants croyaient qu'il délirait à cause des insolations qu'il avait contractées en Asie.

Pourtant, toute sa bourgade le respectait. Elle le vénérait même.

Rahou n'avait pas de famille. Avant d'être enrôlé dans l'armée française, il avait ramené et épousé une jeune berbère d'une lointaine contrée. Elle était d'une beauté exquise. Ses yeux bleus, ses longs cheveux roux et sa peau lisse faisaient le ravissement des hommes ; ils rendaient par contre toutes les femmes de la tribu extrêmement malheureuses et surexcitées.

Le couple s'installa dans une vieille cabane un peu à l'écart du hameau. A cette époque, Rahou était encore jeune. Son corps bien bâti faisait de lui l'ouvrier le plus recherché de toute la région.

Malheureusement, le gouvernement français confisqua cet homme robuste à sa tribu et l'enrôla dans l'armée coloniale.

Il fut emmené quelques mois plus tard en Extrême-Orient, pour tuer des gens qu'il ne connaissait pas et qui ne lui avaient rien fait de mal.

Restée seule, Itto, sa belle jeune femme, fut alors la cible de toute la junte masculine et de la gente féminine de la bourgade : les hommes, avec à leur tête l'imam (le chef religieux du douar) usaient de tous leurs moyens pour bénéficier des dernières faveurs de la jeune berbère ; quant aux femmes, conscientes du danger que représentait « la vipère » - comme elles aimaient la surnommer -, cherchaient par tous les moyens à la faire disparaître du champ de vision des mâles de la tribu.

Aussi, un beau matin, la jolie berbère avait-elle disparu.
Les hommes furent inquiets. Les femmes soulagées.
Personne n'osa poser de questions sur les circonstances de cette mystérieuse disparition.

Lorsque la guerre prit fin en Indochine et que la France n'eut plus besoin de soldats africains, elle les ramena pour les décharger sans ménagement dans leurs pays d'origine, tout en leur promettant des indemnités qu'ils n'ont malheureusement jamais touchées.

Rahou, que la guerre et le climat de l'Asie de l'Est avaient outrageusement usé, retourna donc au bercail pour se retrouver au cœur du conflit qui opposait sa tribu à la tribu voisine. Il crut fermement qu'il était de son devoir de mettre à la disposition de son clan toute l'expérience qu'il avait acquise en Indochine. Il devint ainsi son conseiller de guerre et oublia très vite la disparition de la ravissante Itto.

III.

La tribu d'Ouled Berka, par contre, n'avait pas de conseiller de guerre du charisme de Rahou. Leur force de frappe résidait dans leur union. Avant de prendre une quelconque décision, tous les membres de ce clan se concertaient, se conseillaient, sans toutefois laisser filtrer la moindre information sur les stratégies à adopter. Avec le temps, ils étaient devenus les as de l'attaque-éclair.

En effet, toute opération menée contre l'ennemi ne durait pratiquement jamais plus d'une heure, mais elle était largement assez dévastatrice pour causer des dégâts considérables. Beaucoup de Berkaoui (habitants de Ouled Berka) avaient tenté de jouer le rôle de leader de la tribu, mais vainement. La devise : « tout le monde peut être corrompu et plus particulièrement les responsables » était scrupuleusement respectée.

Aucun habitant ne pouvait se hasarder de l'autre côté du cours d'eau, aucune bête non plus. Les premiers risquaient d'être violemment rudoyés à coups de bâtons ou de gourdins, les secondes d'être froidement abattues ou égorgées. Seul Tahar le fou avait le privilège de circuler librement, à moitié nu, sur les deux collines. Il n'appartenait à aucune des deux tribus.

Chaque fois qu'un conflit éclatait entre ces deux tribus, Tahar courait directement vers la grande place du village et commençait à crier :
« Les poils des deux fesses (faisant allusion aux habitants des deux collines) s'emmêlent une fois encore à cause de ce sale trou visqueux ».

Et si on lui demandait plus de précision, il répondait spontanément tout en riant à gorge déployée :
« Il paraît qu'une bestiole était en train de dévorer le duvet qui cernait ce trou de cul ».

IV.

Avec le temps, la guerre entre les M'rahi et les Berkaoui avait pris d'autres allures et d'autres élans. On recourait à la propagande pour user les nerfs de l'ennemi. Chaque clan répandait le plus loin possible de fausses informations sur le camp adverse. Chaque tribu visait la dignité de l'autre pour la réduire en décombres. Ainsi, on entendait souvent les M'rahi raconter aux habitants du village de Chemmaia que telle jeune femme Berkaoui, récemment mariée, avait été répudiée parce qu'elle n'était pas vierge. De leur côté, Ouled Berka ripostaient que la femme de tel M'rahi l'avait quitté parce qu'il était impuissant.

La montée en force de nouvelles générations de décideurs dans chacune des deux tribus bouleversa carrément la guerre classique entre « les deux fesses ». Les jeunes s'avérèrent plus téméraires et plus belliqueux que leurs aînés. Les campagnes de guerre et leurs opérations devinrent plus désastreuses. Cette nouvelle situation fit perdre à Rahou toute l'aura dont il jouissait auprès des habitants de sa tribu. Il quitta, sans gloire, le champ de bataille et s'enferma dans sa cabane.

V.

Le lendemain de la nuit du drame, un tiers de la population des deux tribus se retrouva dans les locaux de la gendarmerie pour répondre des actes dangereux qu'ils avaient commis. Le second tiers, souffrant de blessures graves, fut emmené sur des brouettes et des charrettes au dispensaire du village pour recevoir les premiers soins avant d'être évacué vers la ville de Marrakech. Quant au reste des habitants des deux tribus, ils avaient fui le lieu des opérations et se dirigeaient directement vers la ville de Safi dans l'espoir de trouver un travail…

S'appuyant sur son long bâton, Rahou avait pris la fuite parmi les premiers et s'était dirigé, comme tant d'autres, vers la ville de Safi.

Resté seul, Tahar assouvissait joyeusement le désir que lui interdisaient les deux tribus : comme un éléphant, il se roulait tout nu dans l'eau boueuse de la source.

VI.

La veille de cet exode, un M'rahi mariait sa fille. Pour célébrer cet heureux événement tout en prouvant à ses ennemis que sa tribu demeurait, aussi bien au niveau économique qu'au niveau du prestige, la plus forte et la plus respectée, il avait tué quatre chèvres et fait appel à trois musiciens et une chanteuse populaire. Celle-ci avait une très belle voix, de plus, elle avait le don d'exécuter merveilleusement la danse du ventre.

On avait dressé un peu à l'écart des maisons trois grandes tentes destinées à recevoir les invités. Deux d'entre elles étaient réservées aux hommes, la troisième aux femmes. Malheureusement, il n'y avait pas d'électricité. Les autorités communales avaient fait savoir aux habitants que l'électrification des deux fesses allait coûter la peau des fesses au conseil.

Des bouteilles de gaz vinrent donc éclairer les nuits sombres des deux tribus.

VII.

Cette nuit-là, un commando Berkaoui avait décidé de porter un coup dur à l'ennemi. Munis de gourdins, de couteaux et de sabres, une dizaine de jeunes s'infiltrèrent dans le camp adverse. En prenant leur position d'attaque dans la pénombre, ils décidèrent de n'agir que quand tout le monde serait fatigué. Ils suivirent donc calmement le déroulement des festivités, en n'ayant d'yeux que pour la danseuse qui excitait le public masculin par ses postures surchargées de messages érotiques. Tels des papillons, on voyait de temps en temps certains jeunes tournoyer autour de la diva dans l'espoir de frôler une partie de son corps. Les maris, par contre, se tenaient sagement : de la tente non éclairée, leurs femmes les surveillaient attentivement, prêtes à déjouer toute manœuvre suspecte.

L'excitation avait même atteint certains membres du commando. Hammouda, le plus costaud du groupe des envahisseurs, faisait déjà l'éloge de la danseuse qui continuait à balancer sa croupe devant son public hypnotisé. Dans un langage on ne peut plus sensuel, il parlait des cheveux, des seins et des jambes de la star. On aurait dit qu'il s'adressait à un groupe d'aveugles qui n'aurait pas eu la chance d'admirer cette scène. Son discours accéléra la respiration de ses compagnons. Certains commençaient même à caresser leur bas-ventre, dans l'espoir de jouir d'un plaisir plus concret.

Quand la musique cessa, la chanteuse prit place entre les musiciens et alluma une cigarette. On distribua des verres de thé aux convives.
La star de la soirée fit appel à un des trois responsables de l'ordre pour lui signifier qu'elle voulait aller aux toilettes. Le jeune homme parut gêné : on n'avait pas aménagé d'endroit pour un tel besoin. Après une concertation rapide, on conseilla à la chanteuse d'aller derrière quelques pierres qui se trouvaient à une cinquantaine de mètres des tentes.

Elle s'engouffra dans le noir.
Hammouda, qui surveillait minutieusement les manœuvres du

camp adverse, ordonna alors à ses compagnons de l'attendre, et il disparut lui aussi dans la direction des tas de pierres.

Quelques instants après, on entendit les cris stridents de la danseuse qui jaillissaient de l'autre côté de l'amas de pierres, et qui s'éloignaient au fur et à mesure en direction de la source.
Ce fut la débâcle.

Tous les hommes, armés de bâtons, de haches, de faucilles ou de couteaux se lancèrent à la poursuite du ravisseur qui parvint à étouffer les cris de sa proie, mettant ses poursuivants dans l'impossibilité de détecter sa localisation sur le champ de bataille.

Déçus par ce cuisant revers, et craignant toutes les railleries qui allaient les tourner en dérision auprès des habitants de Chemmaia, les M'rahi foncèrent directement sur la bourgade des Ouled Barka et commencèrent à massacrer tout le bétail. Hommes, femmes et enfants furent sauvagement malmenés. Les cris perçants de douleur et de désespoir semèrent le désarroi chez les habitants. Seuls quelques rescapés parvinrent à disparaître dans l'obscurité.

VIII.

Sachant que sa tribu était en train de payer cher cette violation du territoire avec rapt d'une personne innocente, le reste du commando se dirigea vers ce qui restait des habitants de la tribu Ouled M'rah. Il n'y trouva que quelques vieilles femmes qui n'avaient pas participé aux festivités, et qui, malheureusement, payèrent pour les absents. En forçant les portes des chambres à la recherche d'autres coupables, les membres du commando trouvèrent, par hasard, la mariée. Bien maquillée et légèrement habillée, elle attendait calmement, allongée sur un tapis, l'arrivée de son jeune époux.

Ce fut donc cette bande de jeunes, toujours sous l'effet de l'excitation de la danse du ventre, qui dédommagea la jeune fiancée du retard de son mari.

IX.

Certains rescapés des deux camps parvinrent à rejoindre la gendarmerie et à l'informer du drame.

Mais le brigadier de garde leur fit savoir qu'il ne pouvait rien pour eux étant donné que l'officier responsable était parti avec sa famille à Marrakech et qu'il avait pris la seule jeep dont disposait la brigade. Il pria tout le monde d'attendre dans la cour jusqu'au lever du jour.

X.

Vers dix heures du matin, une troupe de badauds s'était formée devant l'entrée principale de la gendarmerie pour assister au débarquement des héros de la bataille, dont les habits étaient couverts de sang. Trois hommes en uniformes essayèrent tant bien que mal de disperser la foule, mais sans succès.

L'unique dispensaire de Chemmaia fut lui aussi envahi par des dizaines de curieux qui avaient abandonné leur commerce et leur routine ennuyeuse pour venir compter le nombre de blessés.

Les représentants de l'autorité dépêchés sur les lieux des opérations ne purent arrêter aucun membre du commando. La chanteuse-danseuse et la mariée avaient, elles aussi, disparu. Ils ramenèrent, sur le chariot d'un tracteur, trois vieilles femmes légèrement blessées. Elles étaient les dernières à quitter la tribu.

Tahar le fou tenta de monter lui aussi sur le tracteur pour être conduit à la gendarmerie, mais il fut chassé à coups de bâton. Il parvint tout de même à rejoindre, à pied, le village de Chemmaia en criant :

« Le pet était tellement fort qu'il a rasé tous les poils des deux fesses. Seule la fiancée a eu de la chance puisqu'elle a remporté une dizaine de maris. Il paraît qu'elle va les accueillir par paire dans son lit ».

Et tout nu, il s'engouffra dans une des ruelles étroites du village.

Le meilleur ami

I.

A cette époque-là, dans la plupart des régions du sud du Maroc, les mariages se célébraient selon un rite immuable. La fête commençait chez la mariée le jour et se poursuivait, la nuit, chez le futur conjoint. Ce dernier ne connaissait généralement pas la compagne qui lui était destinée. Quelqu'une la choisissait pour lui.

Les femmes se rencontraient souvent au hammam - le bain maure. Elles y passaient de longues heures à discuter, à demander des renseignements sur telle ou telle voyante spécialiste dans l'interprétation des causes du mauvais œil, sur les guérisseurs de certaines maladies, sur les marabouts qui pourraient les aider à surmonter leurs malheurs, sur la fille aînée de telle ou telle famille ; à demander s'il y avait une fille disponible pour leur fils ou s'il y avait un garçon pour la fille d'une voisine. Elles parlaient de ces sujets tout en dégustant un repas. On n'allait pas au hammam sans victuailles. On prenait ses précautions. Les pourparlers et les compromis risquaient de prendre beaucoup de temps.

Le hammam, un marché de l'amour toujours ouvert mais où les produits à se procurer sont rarement exposés.

Les femmes qui étaient à la recherche d'une fille à marier insistaient sur des points bien précis : la procréation, l'art de faire la cuisine, la traite des vaches, la lessive, le tissage de la laine...

Bref, on délaissait volontairement tout ce qui était de l'ordre du subjectif et du non mesurable.

Hormis la réussite du travail, rien n'était pris en considération.

La demande en mariage n'exigeait aucun document écrit. Quelques témoins, présidés généralement par le fkih - le maître de l'école coranique-, suffisaient à bénir l'union et à la rendre légitime.

La future mariée, quant à elle, n'avait aucun avis à donner sur le destin qu'on lui réservait, et quand bien même sa maman lui aurait parlé de son mari, elle n'avait en aucune manière le droit de le refuser. Elle devait être adaptable à tous les mâles qu'on lui proposait : veuf, célibataire, vieux, jeune, blanc, noir…

II.

Ce soir-là, la jeune Salka, qui remplissait ces conditions, allait rejoindre son domicile conjugal. Et cette nuit même, elle allait accomplir son premier acte sexuel avec un homme qu'elle ne connaissait pas et qu'elle n'avait jamais vu auparavant.

On ignorait son âge vrai. Les livrets d'état civil n'étaient pas en nombre suffisant pour couvrir tout le territoire national. Dans le domaine des âges, on se contentait d'approximations. D'après sa physionomie, Salka avait, à peu près, une vingtaine d'années. Elle était née l'année où tout le bétail de la tribu avait été décimé par la sécheresse.

Tôt le matin, on avait fait chauffer deux sceaux d'eau pour le bain de la future mariée. On lui couvrit les mains et les pieds de henné avant de les envelopper dans des bouts de tissu blanc. La tatoueuse lui dessina un joli triangle entre les sourcils et un autre sur le menton, sous la lèvre inférieure.

Le soir, dans une chambre obscure, deux vieilles femmes tenaient des bougies afin que les coiffeuses et les habilleuses effectuent leur travail dans de bonnes conditions. On avait posé le bât d'un âne au beau milieu de la chambre. Salka était assise sur ce pseudo fauteuil inconfortable et déséquilibré. Elle pleurait à chaudes larmes. Elle n'avait rien mangé, tellement elle craignait terriblement cette aventure. Les coiffeuses lui enduisaient les cheveux d'un onguent à base de fleurs de roses et de clous de girofle. En plus des bienfaits de cette recette, elle était sensée chasser le mauvais œil. De temps en temps, un youyou strident, lancé par l'une des nombreuses femmes qui formaient un cercle autour du bât de l'âne, couvrait momentanément les sanglots de la future mariée.

Ainsi fardée, on l'habilla d'un burnous très ample et on lui couvrit le visage à l'aide du capuchon de ce vêtement réservé strictement aux hommes.

Salka était prête pour le départ.

Les moyens de transport qui devaient l'expédier vers l'inconnu étaient déjà là : deux chameaux assis, l'un à côté de l'autre, attendaient, en ruminant paisiblement, l'ordre de leur propriétaire. Sur le premier, on avait accroché ostensiblement, en plus de tout le linge de la jeune épouse, une bonne dizaine de sacs, confectionnés à l'aide de peaux de chèvres, et qui renfermaient des denrées alimentaires : orge, maïs, blé, semoule, figues sèches... La mariée était tenue de fournir quelques biens à son époux.

Le jeune homme qui avait pris place à califourchon sur le second chameau tint fermement entre ses bras la femme ensachée qu'on lui déposa entre les jambes. C'était lui le vizir, l'unique personne à qui Mekki, le futur époux, avait délégué certains de ses pouvoirs et responsabilités. Nul autre n'avait ce droit.

Au coucher du soleil, un cortège formé de quelques hommes et d'une dizaine de femmes s'ébranla lentement vers une autre tribu. Le père de la mariée n'avait pas droit au voyage. Par contre, sa femme ouvrait cette marche nuptiale. Le trajet était long et sinueux. En effet, à quelques kilomètres de l'autre côté de la rivière de Tensift, se nichait, au sommet de l'une des collines dénudées de toute végétation, une maisonnette toute délabrée qui devait accueillir Salka. La procession traversa sans problème ce qui restait du cours d'eau : un lit de sable parsemé de gigantesques pierres ocre abandonnées par les flots. Le cortège arriva tard dans la nuit. Comme les campagnes n'étaient pas électrifiées, les mariages se célébraient lors des périodes de pleine lune.

III.

Depuis le jour où sa mère avait trouvé la femme qui devait logiquement lui convenir, Mekki ne pensait qu'au mariage. Aussi, la petite maison qu'il avait construite depuis une dizaine d'années fut-elle repeinte à la chaux.

Bien qu'il eût encore trois mois devant lui, il se mit à songer aux préparatifs que nécessitait la fête, aidé dans cette tâche par son fidèle ami Mahjoub.

Un jour, ils se rendirent à Sebt Talmest, le souk le plus proche de leur tribu, situé à une vingtaine de kilomètres à l'ouest, pour y vendre quelques chèvres, avant de prendre un car qui les mena à Essaouira.

Une fois en ville, son ami lui choisit une paire de babouches jaunes, un turban long de trois mètres et une djellaba blanche.

Un mariage engendre toujours beaucoup de dépenses et des habits tout neufs.

Durant toute la période qui précéda la cérémonie, Mekki était si excité qu'il venait souvent demander conseil à son ami. Ce dernier habitait encore avec ses parents à une centaine de mètres. Les questions que posait Mekki au sujet de la physiologie des femmes montraient clairement qu'il n'avait aucune idée sur le sexe opposé. Mahjoub, qui se rendait parfois à Essaouira chez des filles de joie pour assouvir ses besoins, lui répondait vaguement. Mais, au lieu de le rassurer, les réponses de son ami brouillaient encore davantage ses idées.

Il avait l'air inquiet. Il ne dormait pas bien. Des cauchemars troublaient fréquemment son sommeil. Il se voyait traqué et menacé par des femmes-monstres. Il rapportait ses rêves désordonnés à son ami. Pour le réconforter, celui-ci les interprétait d'une manière amusante.

IV.

Arriva enfin le jour tant attendu par sa mère. Tous les voisins furent conviés au repas du soir. Le matin, on tua deux chèvres. Mekki prit son bain près d'un puits, mit ses vêtements flambant neufs et se dirigea vers la mosquée, où il devait passer toute la journée et une bonne partie de la nuit en compagnie de tous les invités masculins. Il était blême. Ses nouveaux habits blancs n'avaient fait qu'accentuer son air maladif.

Le soir, l'imam - le fkih - lut quelques versets de Coran. Le thé et les repas furent servis sur place. Mekki était taciturne et n'avait pas d'appétit.

V.

Cette nuit-là, Mahjoub, jeune homme brun de vingt-six ans, était au four et au moulin. Bien bâti, ce colosse à la carrure très large était chargé de superviser le déroulement des festivités. Il connaissait Mekki depuis longtemps. Ils avaient grandi et travaillé ensemble. Ils s'occupaient tant bien que mal des maigres récoltes que leurs champs daignaient parfois leur offrir, mais souvent, on les engageait comme ouvriers pour construire des clôtures en pierres ou pour arracher les herbes épineuses qui envahissaient perpétuellement les terres. Mahjoub s'occupait des tâches les plus dures. Les deux amis se racontaient leurs secrets, se concertaient avant de prendre une quelconque décision. D'ailleurs, Mahjoub fut le premier informé du mariage de son ami.

Aucun des deux ne connaissait Salka.

Le jour où Mekki dut nommer son vizir, il choisit tout naturellement son ami le plus proche. Mahjoub accepta cet honneur et promit de lui rendre tous les services possibles.

Le soir du mariage, le vizir fit la navette entre la maison et la mosquée une bonne dizaine de fois. Il ne voulait pas prendre de décision individuelle et tenait à ce que tout se déroule dans des conditions parfaites.

VI.

Contrairement à la sérénité qui baignait la mosquée, une turbulence joyeuse régnait dans la petite maison. Les femmes se vengeaient de toutes leurs frustrations en tapant frénétiquement sur des instruments de cuisine et en chantant à tue-tête. L'exigüité de la chambre ne permettait pas à plus de deux femmes à la fois de danser. Chaque paire attendait impatiemment son tour au milieu de cette cacophonie, coupée de temps en temps par un youyou discordant.

Dehors, un groupe d'une dizaine de jeunes avait pris place au pied d'un mur. Eux aussi chantaient et dansaient, tout en sachant qu'ils n'avaient aucune chance de goûter au repas de la nuit. Mais ils espéraient qu'on leur servirait au moins un verre de thé. Certains avaient même apporté un morceau de pain dans leur poche. Le plus âgé des jeunes, un noir qui avait une voix très aiguë, jouait d'une sorte de guitare confectionnée à l'aide d'un bâton et d'un bidon métallique. D'autres tenaient de petits instruments qu'on distinguait mal dans la lueur timide de la lune. Certains dansaient pieds nus. En réalité, ils ne dansaient pas, mais piétinaient fermement cette terre ingrate, dégageant ainsi une poussière très dense.

VII.

Salka était toute seule, enfermée dans une petite chambre qu'on avait partagée en deux parties à l'aide d'un drap : d'un côté le lit conjugal, de l'autre le lieu où le vizir devait attendre, prêt à intervenir. La jeune fille fut débarrassée du lourd burnous qu'elle avait porté le long du voyage. Ses mains et ses pieds furent libérés des torchons qui protégeaient le henné. Une maquilleuse vint la rejoindre avec un tesson en argile qui contenait une teinture rouge. Après avoir craché sur le contenu, la coiffeuse le remua fermement avec son index et commença à étaler cette mixture, presque gélatineuse, sur les joues de la jeune mariée qui devint méconnaissable. Avant de sortir, elle lui tendit le bout d'une écorce de noyer et lui conseilla de le mastiquer afin que ses lèvres prennent une couleur attrayante.

Livide malgré les fards, l'air amorphe, Salka s'exécuta en fixant le plafond de la chambre : des roseaux posés sur des troncs d'arbres. Quelques araignées pendaient à des fils invisibles. La bougie qu'on avait fixée sur une pierre plate près des deux oreillers, afin qu'elle mette en relief la beauté de la mariée, ne dégageait qu'une lueur vacillante et très faible.

Allongée sur un tapis très usé couvert d'une peau de mouton, Salka attendait l'arrivée imminente de son futur mari. Elle essayait de s'imaginer son allure, sa voix, son aspect vestimentaire. Mais toutes les images étaient insaisissables.

« Que va-t-il me dire ? Par quoi va-t-il commencer ? Dois-je enlever moi-même mon pantalon blanc et le mettre au-dessous de nous pour qu'il puisse récupérer la preuve irréfutable que j'étais vierge jusqu'à cette nuit ? Va-t-il me faire mal en me pénétrant ? Serai-je capable de retenir mes cris au cas où... ? ». Les questions se bousculaient, violentes et en désordre, dans son esprit. Elle avait chaud. Elle suffoquait.

La maquilleuse lui apporta un verre d'eau et l'informa que son mari allait venir d'une minute à l'autre.

Le vizir arriva à la maison en courant. Essoufflé, il demanda à tous les musiciens de se taire. Le mari allait venir. Il repartit vers la mosquée. Tous les jeunes ramassèrent leurs instruments et le suivirent.

VIII.

Deux rangées d'hommes bien alignés avançaient lentement en direction de la maison. Le mari était au milieu. Le capuchon de son burnous couvrait entièrement son visage. Le fkih, qui psalmodiait des versets du Coran à haute voix, tenait fermement le bras de Mekki pour le guider. Celui-ci avait les jambes flageolantes.

Tout le monde franchit le portail. Le fkih livra le marié au vizir. Les deux jeunes hommes entrèrent dans la chambre nuptiale. Mahjoub referma soigneusement la porte derrière lui.

Le fkih et quelques invités repartirent chez eux. Ils étaient fatigués. Les autres, tels des hyènes, prirent position dans un coin et attendirent le résultat. Ils voulaient avoir le cœur net quant à la virginité de la jeune fille. Si les choses se déroulaient normalement, le vizir leur tendrait au bout de quelques instants le pantalon blanc imbibé de sang que la famille de la mariée brandirait triomphalement sous le nez des invités, preuve que Salka était vierge et que son mari était puissant. Et dans ce cas-là, la fête reprendrait jusqu'au petit matin.

Le monde entier était donc suspendu à ces gouttes de sang qui rendraient fiers, en plus des familles des mariés, toutes les tribus avoisinantes. Dans un silence total, toutes les oreilles étaient bien tendues pour saisir le moindre cri de douleur de la mariée.

Mêmes les chiens avaient cessé d'aboyer.

Mais si, par malheur, les choses tournaient mal, ce serait le désastre, la catastrophe ! Le vêtement tant attendu n'apparaîtrait pas. Le désordre règnerait dans la foule et se propagerait dans les familles des mariés avant de dévaster toutes les tribus avoisinantes.

Les uns diraient que Salka n'était pas vierge.

« Non, c'est Mekki qui est impuissant ! », affirmeraient les autres.

La situation était très tendue. L'atmosphère électrifiée. L'absence de gouttes de sang sur le pantalon blanc de la mariée pourrait déclencher une mutinerie, voire une guerre. Le fil qui retenait le chaos pouvait rompre à tout moment. Tout le monde s'était mis sur ses gardes, prêt à agir.

IX.

Mekki ôta son burnous. Il tremblait en regardant autour de lui comme une bête qui vient d'être prise dans un piège.
— Mon ami, aide-moi, chuchota-t-il.
— Calme-toi, lui répondit Mahjoub. Est-ce qu'il y a un problème ?
— Et quel problème ! Je suis perdu, si tu ne m'aides pas. Je n'arrive pas à..., je n'arrive pas...
— Vas-y, parle ! Que puis-je pour toi ?
— Ma femme..., ma femme...
— Qu'est-ce qu'elle a, ta femme ?
— Non, non. C'est moi qui n'arrive pas... Je n'ai jamais pu te dire ça avant... Je n'ai jamais eu d'érection. Je ne peux pas entrer chez elle.

A son tour, le vizir devint tout pâle. Il n'avait jamais imaginé qu'il allait affronter une situation pareille.
— Comment va-t-on annoncer ça à ta famille et à la famille de la mariée ? Que vont dire tous ces fauves qui guettent derrière la porte ? Le ridicule te marquera, toi et tes parents, indélébile jusqu'à ta mort !
— Non, surtout ne dis rien. Ecoute-moi bien, si je suis bien ton ami, tu ne vas pas me laisser tomber maintenant. Rends-moi un service, s'il te plaît, poursuivit Mekki, haletant, les yeux pleins de larmes.
— Quel service ?
— Veux-tu bien faire le travail à ma place ? Toi au moins tu en es capable et tu as déjà une certaine expérience...
— Jamais de la vie, lui répondit fermement Mahjoub. Et que feras-tu dans les jours qui viennent ?
— Ne t'en fais pas, je m'arrangerai. Je ne veux pas devenir la risée de la tribu. Je t'en supplie, aide-moi !

Mekki commença à pleurer. Il suscitait la pitié. Le temps pressait. Le silence se faisait plus pesant. Il fallait prendre une décision d'urgence.

Mahjoub réfléchit un instant et accepta malgré lui ce droit de cuissage. Il enfila rapidement les vêtements de son ami et entra chez la jeune fille. Il éteignit la bougie.

L'opération ne dura qu'une quinzaine de minutes. Il sortit avec le pantalon tacheté de sang, renfila ses propres habits et tendit le vêtement aux deux femmes qui attendaient devant la porte. Triomphantes, celles-ci brandirent, sous le nez des invités, le vêtement taché de sang.

La cacophonie reprit plus assourdissante : ululements, youyous, musique…
Le sol se mit à vibrer.

Soulagés ou déçus, les curieux quittèrent enfin les lieux en faisant les louanges d'une jeune femme qu'ils n'avaient jamais connue.

Mahjoub retourna chez lui. Sa mission était finie.
Salka passa la nuit toute seule.
Mekki dormit sur un tas de foin près de ses deux vaches.

Le jour suivant, il se leva tôt et alla faire un tour près de la maison de Mahjoub. Quand les derniers invités le virent se promener, ils conclurent que c'était tout à fait normal : la nuit avait été exténuante, et le nouveau marié avait besoin d'air frais.
Et la fête prit fin.

X.

Salka découvrit son mari en plein jour. Il ne ressemblait pas à celui qui l'avait pénétrée la veille.

« Non, non, c'est bien lui. J'étais tellement fatiguée et effrayée que je n'ai pas pu le dévisager longtemps. Surtout qu'il m'a quittée très vite », se disait-elle.

Le soir en éteignant la bougie, Mekki commença à caresser maladroitement sa femme. Celle-ci croyait qu'il allait lui faire l'amour, comme la veille.

Malheureusement, au bout de quelques secondes, il lui tourna le dos et prétexta qu'il avait terriblement mal à la tête. La jeune mariée fut un peu désappointée.

XI.

Le jour où Salka rencontra Mahjoub, elle faillit s'évanouir. C'était bien lui l'homme qui l'avait possédée la nuit des noces. Elle en était sûre. Elle ne comprit rien en cet instant, mais elle commença à avoir quelques soupçons.

Mekki invitait fréquemment son ami chez lui. Salka mangeait toujours avec eux. Ils parlaient tous les trois de tout et de rien. Chose très rare, il arrivait même que la jeune épouse donne son avis sur un problème ou une situation donnée. Mahjoub commençait à la trouver bien organisée et très belle. C'était bien dommage que son ami ne puisse pas tirer profit de ce joyau. Bien au contraire, Mekki trouvait toujours un prétexte pour sortir et laisser sa femme et son ami tout seuls. Afin de ne pas se sentir gêné en restant en tête à tête avec la jeune femme, Mahjoub se levait lui aussi pour sortir en même temps que le mari. Mais ce dernier l'obligeait toujours à rester.
— Mets-toi à l'aise, je vais revenir dans une minute.
Mais la minute se transformait en longues heures.

XII.

Jugeant que cette situation ne pouvait pas durer éternellement, un soir, Mekki supplia encore une fois son ami.

— Écoute-moi bien, je ne peux pas répudier ma femme. J'ai peur qu'elle ne dévoile mon impuissance. Je suis donc obligé de la garder ; mais je ne peux pas la satisfaire. Si je te laisse souvent avec elle, c'est tout simplement dans l'espoir de la réconforter un peu. Sois plus audacieux et oublie-moi quand tu es tout seul avec elle.

— Je ne peux pas. Ta femme est gentille et belle et je ne veux pas souiller l'image qu'elle a de moi...

Mekki l'interrompit.

— Aucun souci de ce côté. Je lui ai déjà parlé de mon problème. Et tu sais ce qu'elle m'a dit : « Trouve-moi quelqu'un qui te remplace ». Elle non plus ne tient pas à être répudiée. Je lui ai donc parlé de toi. Elle m'a même juré que personne ne serait au courant de cette union. Mon ami, maintenant la balle est dans ton camp.

Une certaine assurance se dégageait du discours de Mekki. On sentait qu'il était heureux d'avoir trouvé cette issue.

Fier de sa virilité, Mahjoub se rappelait les longs moments qu'il avait passés avec Salka. Lors de leurs discussions en tête à tête, elle ne cessait de lui poser des questions parfois dérangeantes. Certaines suggestions de la jeune femme commencèrent à prendre un sens dans son esprit. Ne lui avait-elle pas demandé si son ami fréquentait des femmes avant son mariage ? Elle voulait savoir s'ils avaient déjà fréquenté des filles, comment elles étaient, ce qui leur plaisait chez elles.

Mahjoub se sentait gêné, mais elle le suppliait de tout lui raconter. Avec le temps, elle voulut en savoir plus sur sa vie personnelle. Elle riait en lui parlant, gesticulait, s'approchait de lui jusqu'à se coller contre son corps.

Un jour, elle lui demanda s'il avait déjà couché avec une fille vierge. Le jeune homme eut chaud. Il voulait partir. Salka le retint par sa chemise.

— Je ne te laisserai pas sortir avant que tu ne répondes à ma question.

Mahjoub hésita un moment, puis il déclara :

— Oui ; une seule fois.

La digue qui retenait d'autres questions céda. La femme voulut savoir comment elle était, si elle avait le même âge qu'elle, comment il l'avait prise, à quel moment, et enfin où.

Incapable de répondre, le jeune homme mit fin à la conversation et quitta de force son interlocutrice.

En revenant à la maison, son mari voulut savoir pourquoi son ami ne l'avait pas attendu. Sa femme lui répondit calmement :

— Il vient juste de partir. Il a avoué toutes vos combines.

Mekki craqua. Il avait le vertige. Il lui raconta toute l'histoire. Il commença à pleurer. Elle le consola en répétant que ce n'était pas grave. Et le lendemain, ils invitèrent Mahjoub à dîner avec eux.

Celui-ci hésita un peu. Il savait qu'il allait être harcelé par les questions de la femme de son ami. Toutefois, il accepta en se disant. « En tout cas, je ne lui dirai rien sur la nuit du mariage. Elle peut toujours poser des questions ! »

Il vint chez son ami le soir. Le dîner ne fut servi que tard dans la nuit.

Salka demanda à son mari s'il avait fermé la porte à clé.

— Avec cette obscurité, il vaut mieux être en sécurité, ajouta-t-elle.

Le mari répondit qu'il avait bien fermé. Quelques instants après, il prétendit qu'il allait se soulager. Comme il n'y avait pas de toilettes, il quitta la maison, en prenant soin de bien fermer à clé derrière lui.

Restée seule avec Mahjoub, Salka alla droit au but.

— Ecoute Mahjoub, ton ami m'a tout avoué.

L'invité ne réagit pas. Il croyait qu'elle était en train de forger une histoire afin de le faire parler davantage. Mais lorsqu'il entendit la suite du discours très détaillé de la jeune femme, il fut vraiment accablé. Aucune échappatoire. Il passa à table. La descente de la pente fut vertigineuse. Il lui confirma tout en soulignant d'autres détails.

Et avant de se taire il lui livra le dernier aveu :

— Tu es très belle et tu me plais beaucoup !

Salka aussi le trouvait très beau. Depuis la première fois où elle l'avait vu, elle était tombée sous son charme. Chaque nuit, elle pensait à lui. Elle rêvait qu'il la prenait entre ses bras, qu'il la caressait, qu'il l'embrassait.

Cette nuit-là, il était à côté d'elle en train de lui révéler ses vrais sentiments. Pour l'encourager à continuer à parler, la jeune femme lui caressa la main en souriant. Il sursauta.
— Qu'est-ce que tu as ? Tu ne te sens pas bien ? lui demanda-t-elle.
— Non, ce n'est rien. J'ai un peu chaud.
— Détends-toi, et laisse-moi faire.

Les caresses reprirent ouvertement, n'épargnant aucune partie du corps. Mahjoub ne pouvait plus résister. Ses grosses mains tremblaient.
Ils se regardèrent un instant sans parler. Il la prit enfin entre ses bras et lui colla un long baiser sur les lèvres. Elle s'allongea sur le tapis usé et souffla la bougie.
Il revint chaque nuit, sans y être invité.
— Entre, tu es chez toi; lui répétait Mekki, et il disparaissait.
Radieuse, Salka sautillait de joie. Elle préparait à manger à son invité, le dorlotait, lui demandait s'il avait besoin de quelque chose. Son amant baignait lui aussi dans le bonheur.
Quatre mois après le début de cette liaison originale, la jeune femme tomba enceinte. La situation devenait de plus en plus délicate. Mahjoub savait que c'était son enfant, et il n'était pas prêt à le renier ni à l'abandonner.
Un soir, alors qu'ils discutaient calmement, Salka lui avoua que Mekki, son mari, allait certainement surmonter sa crise.
— Comment le sais-tu, lui demanda Mahjoub, un peu étonné.
— Ces derniers temps, il commence à me caresser. Figure-toi, il est même parvenu à me faire l'amour, il y a trois jours. C'est vrai que c'était difficile pour lui, mais c'est encourageant.
Mahjoub resta silencieux.
En rentrant chez lui, il ne put fermer l'œil. Son esprit était complètement accaparé par la guérison éventuelle de son ami.

XIII.

Le jour où on découvrit le corps de Mekki, la tête fracassée contre une grosse pierre de la rivière Tensift, toute la tribu accourut pour présenter ses condoléances aux deux êtres qui lui étaient chers : sa femme Salka et son fidèle ami Mahjoub.

Après l'enterrement, l'amant déclara aux personnes présentes :
— Vous savez, mon ami pressentait certainement cette mort tragique. Il m'a toujours prié de prendre soin de sa femme si jamais par hasard il lui arrivait un malheur.

Quelques mois après, Mahjoub épousa Salka.
Et elle lui donna une petite fille, qui ressemblait étrangement à Mekki…

Dur de tuer le temps
quand on est vieux

Khali Ali aime le Makhzen ! Khali Ali aime porter plainte auprès du caïd et de la gendarmerie. Khali Ali pense que la mort l'a raté une fois pour toutes. Elle l'a oublié. Agé de plus de quatre-vingt-treize ans, il continue toujours à crier, à menacer, mais surtout à déposer des plaintes contre tous ses voisins, qui, croit-il, veulent le déposséder de ses terres, de son bétail, de son argent... Il ne se passe pas une seule semaine, sans que Khali Ali aille deux ou trois fois à Sebt Gzoula pour se plaindre auprès des autorités.

C'est donc à cause de ces dérangements répétitifs que le caïd finit par désigner un employé, nommé Abrouk, que les citoyens appellent Si Mekki, pour s'occuper de Khali Ali.

Comme cet employé passait tout son temps à circuler entre les bureaux pour bavarder et collecter des informations qui pourraient lui rapporter quelques bénéfices, le caïd a donc eu la vilaine idée de la charger de cette tâche.

Fier de sa nouvelle promotion et croyant que Khali Ali serait généreux avec lui, Si Mekki a collé sur la porte de son bureau, une pancarte sur laquelle tout visiteur pouvait lire facilement : « Bureau chargé des plaintes de Khali Ali ».

Le jour de l'inauguration de ce nouveau service, Si Mekki est arrivé tôt. Il était habillé d'une djellaba blanche et portait des babouches jaunes. Avant de quitter sa maison, il s'est aspergé les joues d'une eau de Cologne qu'un cousin lui avait rapportée d'Italie et qu'il gardait jalousement au fond d'un tiroir. Il a lissé ses cheveux avec une crème qui ressemblait à du beurre et qui n'avait plus d'odeur.

Si Mekki était aux anges lorsque le caïd lui a tendu la main pour le féliciter au sujet de sa nouvelle responsabilité.

Mekki n'oubliera jamais ce jour-là. Il était le premier employé à avoir serré la main du caïd.

Ayant remarqué que le makhzen lui avait réservé un bureau à lui tout seul, Khali Ali a pris conscience de son importance dans la tribu, et il s'est lancé dans une activité qui lui paraissait beaucoup plus importante. Il est devenu un conseiller juridique en se mettant à la disposition de tous ceux qui voulaient déposer une plainte quelconque. D'ailleurs c'est lui qui a poussé Hamid à déposer une plainte contre ses deux frères M'hamed et Si M'barek auprès de Si Mekki.

Khali Ali a fini par convaincre Hamid, en lui prouvant qu'il avait été lésé dans sa part de petit-pois et de fèves (*jelbana* et *foul*).

— Tes frères ont eu deux kilos de plus que toi !

Après une courte discussion, les deux hommes sont allés exposer ce problème à Si Mekki !

Khali Ali a été reçu immédiatement par l'employé chargé de ses affaires, et qui, depuis quelques semaines, croyait être devenu le bras droit du caïd.

Bombant le torse, et prenant l'allure de l'homme expérimenté en sciences juridiques et en relations internationales bien qu'il n'ait jamais fréquenté l'école, Khali Ali a exposé en détail le problème opposant Hamid à ses deux frères au sujet des petits pois et des fèves.

Comme la récolte totale ne dépassait pas une cinquantaine de kilos, Si Mekki proposa la sage solution suivante : repeser toute la récolte et la partager par trois.

Khali Ali n'a pas été d'accord : « Toutes les balances sont truquées ! »

— Que faire dans ce cas ? lui a demandé le représentant du makhzen.

C'est alors que Khali Ali a proposé une solution on ne peut plus fiable. Les idées géniales naissent toujours dans les esprits simples :

— Il faut ouvrir les gousses, compter les grains un par un et partager ensuite.

SI Mekki, qui voulait se débarrasser du vieux pour aller prendre un verre de thé dans le bureau d'un collègue, a accepté rapidement la proposition.

On confia la tâche à Khali Ali.

Ce matin, Khali Ali s'est mis devant la porte de sa maison avec un lot de petits pois et il a commencé à ouvrir les gousses. Quand je lui ai dit bonjour, il ne m'a pas répondu tellement il était pris par sa nouvelle occupation.

J'espère qu'il viendra à bout de sa corvée. Une chose est sûre : c'est que la tribu et Si Mekki vont être tranquilles pour un bon bout de temps !

Les malheurs de Khali Ali se suivent mais ne se ressemblent pas. Comme il s'est porté volontaire pour défaire les gousses des fèves et des petits pois, compter les grains, les partager entre Hamid et ses deux frères et mettre fin à cette mésentente qui a opposé les membres d'une même famille et dont Khali Ali était le principal instigateur, hier, il a fini la première partie de son travail et il a entamé le compte. C'était le moment critique du labeur. « 1331, 1332, 1333... ».

Khali Ali n'aime pas qu'on le dérange. Khali Ali n'aime pas qu'on lui pose des questions sur sa vie privée. Malheur à celui qui ose lui demander combien il a vendu son bœuf ! Malheur à celui qui lui demande combien il a récolté de blé, de farine, d'huile d'olive. Malheur à celui qui lui demande le nombre de ses bêtes, de ses terres.

Khali Ali vit toujours dans le besoin. Si vous le rencontrez, la première phrase qui lui sort de la bouche est : « Puisse Dieu changer cette heure par une autre !! »

« 1441, 1442, 1443... »

Un coq est passé près de Khali Ali. La bête a fini par tromper sa vigilance. Elle a volé quelques grains du lot que Khali Ali venait de compter. C'était la catastrophe ! Le malheureux ne savait pas combien de grains la sale bête avait picorés. Furieux, il a suivi le coq en lui lançant des pierres. En réalité, il ne visait pas le coq de peur de le toucher ou de le blesser. Un coq qui vaut au moins 120 dirhams. Le manger ? Impossible ! Comment manger en une journée un coq qui vaut 120dh ? Lui qui tuait lors de la grande fête la plus malingre des chèvres ! Celle dont il était sûr qu'elle allait mourir au cours de l'année suivante.

Inconsciemment, Khali Ali a sellé sa vieille ânesse et il est parti voir Si Mekki. Il voulait déposer plainte. A mi-chemin, il s'est rendu compte qu'il ne devait pas agir ainsi.
— On ne dépose pas de plainte contre un coq, d'autant plus que cette sale bête m'appartient !
Il était content de s'en être ravisé à temps. Si Mekki se serait moqué de lui. Il aurait raconté cette histoire à toute la tribu. Et Khali Ali serait devenu la risée de tous ses voisins.

De retour chez lui, Khali Ali a donc repris le compte... à zéro !
« 1, 2, 3,... »
Il faut imaginer Khali Ali heureux, aurait dit un certain Albert Camus...
Lors de mon dernier passage à la campagne, j'ai demandé à Khali Ali comment s'était terminée son histoire de fèves et de petits pois, et si les trois frères avaient pu finalement partager équitablement le produit.

Au lieu de me répondre, le vieil homme, le regard vague comme quelqu'un qui regrettait d'avoir laissé passer son unique chance, a exhalé un long soupir.

Après quelques instants, il a fini par prononcer :
— Laisse ce chameau assis ! Expression qui veut dire dans notre langue dialectale de laisser tomber le sujet. Il a poursuivi d'une voix lasse, comme s'il parlait à lui-même.

— J'ai l'impression que tout le monde complote contre moi ces derniers temps. Figure-toi, même ma femme commence maintenant à me menacer. Elle est partie vivre avec notre fils Mostapha dans la petite maison qu'il vient de construire. Et la mienne est devenue un lieu pestiféré !

Comme tous les habitants de la tribu, les frères Hamid, M'hamed et Si M'barek ont perdu toute confiance en moi...
— Non ! Ce n'est pas vrai ! Les trois frères te respectent comme si tu étais leur propre père. Et le fait de te demander de partager les petits pois et les fèves prouvent bien qu'ils ont confiance en toi.
— Il paraît qu'ils étaient très mécontents le jour où ils sont revenus chercher leurs légumes. Ils ont même osé me traiter de tous les noms, d'après ce qu'on m'a raconté !

Khali Ali avait l'air affligé. Un faux-rire sur ses lèvres rendait simiesque son visage. Il parlait d'une voix chevrotante comme s'il allait pleurer.
— Comment ? Tu n'étais pas chez toi ? lui ai-je demandé.
Et Khali Ali m'a raconté dans les détails le déroulement de ce triste événement.

Chaque jour, assis sur une peau de chèvre devant sa maison, il surveillait ses vaches tout en comptant les fèves et les petits pois avec toute l'attention et la concentration qu'exigeait une telle opération. Depuis que le malheureux coq lui avait volé quelques grains, il avait pris la décision de couvrir soigneusement les légumes avec des draps en mettant par-dessus de lourdes pierres avant d'aller chercher ses bêtes ou de partir au souk. Les lots dissimulés et couverts de tissus avaient l'air des tombeaux de certains saints de la tribu.
— Un jour de marché, je n'ai acheté que des carottes. Tous les autres légumes étaient chers. J'ai acheté également, comme d'habitude, 250 grammes de viande. Ma femme m'a préparé un délicieux tagine aux carottes et aux petits pois. J'ai savouré le repas sans y faire attention. En mangeant, je ne faisais qu'évaluer la quantité de viande, car ma femme avait la manie d'en manger une bonne partie dans la cuisine. Le soir, quand elle m'a présenté

un couscous avec un morceau de lapin séché et des fèves, je me suis rappelé que je n'avais acheté aucun des deux légumes que j'ai mangés au cours de cette journée. J'ai eu chaud. J'ai su que ma femme avait commis l'irréparable !

Sa femme lui avoua qu'elle n'avait pas pu résister et qu'elle n'avait puisé que deux poignées dans chaque lot.
— Puisque tu n'achètes jamais ces deux légumes sous prétexte qu'ils sont chers, lui reprocha-t-elle.
Et en courageux ex-militaire, Khali Ali donna une bonne correction à la malheureuse femme. Cette dernière, qui avait déjà entendu parler de Si Mekki, prit donc son haik et alla sur le champ déposer plainte.
— Cet employé ne vaut pas un sous. C'est un voyou !

La voix de Khali Ali monta subitement en crescendo. Il bavait sa haine sur l'employé chargé de gérer ses plaintes.
— Comme je n'étais pas généreux avec lui, l'imbécile a expliqué à ma femme qu'il ne pouvait pas accepter de plaintes déposées contre son propre client. Mais pour se venger de moi, d'une manière indirecte et sans attirer l'attention, il lui a conseillé d'aller voir les gendarmes. Et c'est ce qu'elle a fait.

Après avoir écouté la femme et vu les traces de la ceinture de Khali Ali sur ses bras et sur ses jambes, le brigadier l'informa qu'il allait le chercher tout de suite pour le punir.

La victime aurait aimé ôter son pantalon pour exhiber ses fesses, elle avait même insisté ; mais l'agent d'autorité lui déclara que ce n'était pas la peine.
— Ecoute madame, quand tu retournes chez toi, tu peux manger autant de fèves et de petits pois que tu veux. Et si ton mari te touche encore une fois, tu n'as qu'à revenir nous voir !

En rentrant à la maison, la femme battue alla directement aux trois lots de petits pois et de fèves. Elle invita son fils Mostapha et ils s'empiffrèrent des deux légumes.

Khali Ali passa quatre longues journées dans la brigade. Mal nourri et mal logé. Des cauchemars meublaient les rares moments où il parvenait à fermer les yeux, la nuit. Ses deux pires ennemis le harcelaient de chaque côté. Au moment où il poursuivait le coq qui venait de lui voler quelques grains, sa femme fonçait sur les lots comme un vautour pour se remplir les mains et fuir de l'autre côté.

Au cours de son absence, les trois frères vinrent chercher leur bien.
— Comment ? Vous êtes vraiment naïfs ! Vous faites confiance à cet escroc ? Il a tout vendu au souk la semaine dernière.
— Dites-lui de venir pour s'expliquer, lui demanda Si M'barek, le frère aîné.
— Il n'est pas là, répondit la femme en souriant. Elle jubilait en les informant. Elle prétendit même qu'il était détenu par les gendarmes depuis plus d'une quinzaine de jours pour une autre escroquerie plus grave.
— Et c'est là que les trois frères m'ont traité de tous les noms avant de reprendre leur voiture et de partir.

Maintenant, Khali Ali ne peut plus aller voir Si Mekki, ni passer devant la brigade des gendarmes. Il a juré de ne plus déposer de plainte ni de frapper sa femme. Il n'a plus d'amis. Vivant tout seul avec ses bêtes, il attend patiemment ma visite pour m'étaler son érudition, non pas en politique ni en religion, mais en relations humaines !

La femme qui voulait
libérer la Palestine

Le jour où il prit la décision de se marier, il avait déjà dépassé quarante ans. Depuis longtemps, tous ses collègues à la poste ne cessaient de l'encourager à prendre une femme qui s'occuperait de lui et qui réchaufferait l'hiver de ses vieux jours. Mais il avait toujours refusé, arguant qu'il avait déjà dépassé l'âge de prendre une jeune fille et de satisfaire toutes ses attentes. Il vivait seul avec son petit chat, se méfiant de toute relation amicale. Chaque soir, avant de rentrer chez lui, il faisait une petite promenade le long de la côte avant de s'asseoir à la terrasse du café Mazagan pour prendre un café et lire le journal.

Le samedi soir, il se rendait au bistrot « Le Tit », près du théâtre municipal, pour boire ses cinq bières avant de rentrer chez lui. Il avait l'habitude de s'asseoir à côté de Tibari et de l'écouter parler des affres de son premier et unique amour. Hamid abandonnait son compagnon de table à ses rêves chaque fois que l'amoureux, sous l'effet de la quantité d'alcool ingurgitée, se mettait à pleurer.

Le jour où une femme se présenta à son guichet pour récupérer un colis qui lui était destiné, il fut désemparé par le charme de sa cliente. Il estima rapidement l'âge de celle-ci. La trentaine.

Souriante, la dame lui remit sa carte nationale pour qu'il puisse vérifier les données qui étaient marquées sur l'imprimé qu'il avait sous les yeux.

— Vous habitez toujours à cette adresse madame ? lui demanda le postier.

Qu'elle habite à la même adresse ou qu'elle soit sans domicile fixe lui importait peu. En réalité, il voulait engager une petite discussion et vérifier s'il pouvait espérer encore un soupçon de succès auprès des femmes « mûres ». Il savait qu'avec les clients, il lui était formellement interdit de parler de sujets qui n'avaient pas de rapport avec le service qu'il leur offrait.

Ce jour-là, sans s'en rendre compte, il venait de transgresser le règlement.

— Oui, monsieur, c'est juste à côté, lui répondit la femme.

Encouragé par la douceur du sourire de sa cliente, il se risqua.

— Bizarre que je ne vous aie jamais vue dans les environs ! s'exclama-t-il en la fixant d'un regard ardent.

Flattée par cette remarque qu'elle n'avait plus entendue depuis des années, elle lui répondit d'une voix confuse, toujours en souriant et en baissant les yeux.

— Vous m'avez certainement croisée dans la rue sans faire attention à moi ! J'emprunte le boulevard Mohamed V et je passe quotidiennement devant la poste pour me rendre à ma petite école de préscolaire qui se trouve sur le boulevard de La Ligue Arabe, en face de la municipalité.

— Impossible, lui répondit-il presque en criant.

Il avait complètement oublié qu'un de ses collègues travaillait à deux ou trois mètres de son bureau. Il s'étonna de son courage et de sa hardiesse excessive, lui qui, jeune, n'avait jamais abordé une fille ou chuchoté un mot qu'à la faveur des pénombres, ou dans les cohues qui se bousculaient la nuit, en été, sur la grand-place mal éclairée de la municipalité pour écouter un groupe de chanteurs.

Une véritable amitié naquit entre le postier et l'institutrice. Amitié qui poussa, grandit, se développa lentement, se renforça et finit par laisser voir des bourgeons de projets.

Chaque soir, Hamid le postier et R'kia la maitresse se rencontraient et faisaient un tour le long de la côte. Ils parlaient de tout et de rien. Quand ils s'asseyaient à la terrasse du café Mazagan, Hamid aimait lui parler de l'histoire de la ville d'El Jadida. Elle l'écoutait, le coude sur la table, sans intervenir, ennuyée certainement par ce discours qui était à des années lumières de ses intentions réelles. Tête baissée, elle fixait le verre de lait chaud qu'elle avait l'habitude de commander.

Mais un jour, R'kia voulut en avoir le cœur net en mettant fin à cette attente qui s'appesantissait sur les événements non datés et non authentifiés qu'avait connus la capitale des Doukkala. Elle força donc la porte du cœur de son ami pour y voir clairement ce qu'il renfermait. Elle ne voulait pas rater cette opportunité inespérée et avait hâte de quitter une fois pour toutes sa vie de vieille fille.

Alors qu'elle marchait à côté de lui, la jeune femme passa son bras gauche sous celui de Hamid, comme font tous les jeunes amoureux. Le postier s'arrêta net et la dévisagea en lui demandant si elle se sentait mal.
— Non, mes chaussures sont un peu serrées, c'est tout ! lui déclara-t-elle en le regardant tendrement et en lui souriant.
« Quel idiot ! se dit-elle. Mais j'aime bien les hommes qui croient facilement tout ce qu'on leur raconte ».

Un jour, sans aucune raison apparente, Hamid abandonna l'histoire de la ville et aborda le sujet du mariage.

Cette discussion plut énormément à l'institutrice puisqu'elle put insinuer de temps en temps des remarques ou des avis, afin que le postier soit plus entreprenant, plus audacieux et plus franc. Pour la première fois, elle suivait avec attention son argumentation tout en le taquinant malicieusement.

Et Hamid étalait son érudition.
— C'est bien de finir sa vie avec un mari ou une femme à ses côtés, lui déclara-t-elle en soupirant. Surtout s'il s'agit d'une femme

qui ne pose pas de problèmes. Je sais qu'elles sont devenues rares, mais un homme avisé comme vous peut les reconnaitre facilement.

Le postier se sentit flatté. Il était certain qu'il avait encore du succès ; mais un succès qu'il n'avait jamais mis en pratique.

Les deux amis se mirent à parler librement. R'kia, qui ne décela aucune réaction apparente de la part de son ami, finit par lui avouer qu'elle aussi voulait se marier. Et en parlant, elle mit sa main sur celle de son ami. Ce dernier se laissa faire mais tout en restant sur ses gardes.
Ils récitèrent les innombrables inconvénients de la vie de célibataire.
Ils se dirent leurs vrais âges. Hamid quarante-trois ans ! Rkia trente-neuf !
Leur discussion déboucha sur la nécessité du mariage.
Plus de temps à perdre. Il fallait agir vite.
Ils finirent rapidement leurs consommations et quittèrent le café.
A la poste, tous ses collègues le félicitèrent pour cette heureuse décision.

Ils se marièrent sans cérémonie. Hamid n'aimait pas se faire remarquer, et R'kia avait peur du mauvais œil, vu qu'elle avait passé de longues années à attendre le beau chevalier dont elle rêvait, et qui malheureusement ne s'était jamais manifesté.

Depuis leur première rencontre, elle avait agi avec prémonition. Elle avait peur de faire échouer son projet.

La première nuit, Hamid ne put faire l'amour à son épouse.
Après lui avoir longuement parlé de la meilleure façon de cueillir les figues de barbarie sans se faire piquer, il l'invita à passer dans la chambre à coucher en lui promettant qu'il lui apprendrait beaucoup de choses sur l'élevage des abeilles.

R'kia, qui bâillait depuis un bon moment, lui déclara d'une voix fatiguée :

— Je suis indisposée mon cher !

Le verbiage du postier avait insinué le doute dans la tête de la jeune épouse. Toutes les cartes qu'elle avait minutieusement arrangées furent brouillées. « Comment ose-t-il parler de sujets futiles la nuit de notre mariage ? » se demandait-elle.

— Ce n'est pas grave, je peux attendre chérie ! lui répondit le postier.

R'kia se leva, prit le Coran, un chapelet jaune et alla dans la chambre à côté. C'est là qu'elle passa sa première nuit de noces !
Hamid dormit en chien de fusil dans son le lit.

Au travail, ses collègues lui demandèrent comment il avait trouvé la vie conjugale, certains affirmaient même qu'il avait bonne mine et que le mariage lui allait bien. Mais Hamid ne répondait rien. Il souriait. Il avait peur de dire quelque chose qui mettrait la puce à l'oreille des employés.

La seconde nuit, l'homme parla pendant plus d'une demi-heure. Il essaya d'expliquer à sa façon et à sa femme, pourquoi les limaces étaient nombreuses en hiver.

Sans prononcer un seul mot, R'kia prit, à nouveau, le Livre Saint, le chapelet et se dirigea vers la chambre où elle avait dormi la veille toute seule.

Aussi, dix jours plus tard, Hamid n'avait- il toujours pas couché avec sa femme et il savait que les problèmes des règles étaient bien finis. De plus, il commençait à être à court de sujets qui pouvaient « intéresser » sa femme

Au travail, il avait l'esprit ailleurs. Parfois il posait trois fois la même question à un client. Quand il allait chercher un imprimé dans un grand placard, il restait un long moment à réfléchir.

Le soir, alors qu'il regagnait la maison, il commença à penser à une astuce qui lui permettrait de faire l'amour à sa femme. Comme

R'kia paraissait très pieuse, il s'était dit : pourquoi ne pas aborder le rôle de l'amour conjugal chez un couple musulman, pour la convaincre à coucher avec lui.

Lorsque R'kia avait fini de faire ses prières et s'apprêtait à prendre Le Coran et le chapelet, Hamid lui demanda gentiment de rester un peu de temps pour bavarder.
— Tu sais, ça m'arrive rarement de parler à des hommes de religion. Mais aujourd'hui j'étais épaté par un imam qui est venu retirer un mandat qui lui a été envoyé par son fils qui travaille en Allemagne.
— Ah bon ?! Je ne savais pas que tu écoutais les imams, toi qui ne fais même pas tes cinq prières, lui répondit-elle tout en regardant son livre.
— Je compte m'y mettre bientôt ; juste le temps d'apprendre quelques petits versets de notre Livre Saint.
— Et comment il t'a épaté ton imam ? Raconte-moi un peu.

Elle ferma son livre.
— Figure-toi qu'il m'a dit que toute action « halal » accomplie par un musulman est largement récompensée dans l'Au-delà. Même le fait de coucher avec sa femme. Sa propre femme ; pas n'importe quelle femme. Il m'a même fait une révélation qui va certainement t'étonner.
— Dis-moi, je t'écoute. J'aime entendre les récits qui étonnent.
— Il m'a dit, je le cite : un mari et sa femme quand ils font l'amour, c'est comme s'ils avaient tués cent israéliens pour libérer la Palestine !
— Ce n'est pas vrai, ça ?
— Ne t'ai-je pas dit que tu allais être étonnée ? déclara-t-il d'une voix enthousiaste. Beaucoup de couples musulmans font l'amour sans savoir qu'ils sont en train de libérer la Palestine.
— Je déteste les israéliens ! Je les exterminerais bien toute seule.
— Toute seule, tu ne peux pas. Il faut qu'on se mette à deux.
— Tu sais Hamid, si chaque soir je lis des pages et des pages de notre Livre Saint, et si je fais des prières, c'est dans le seul but que Dieu aide les arabes à chasser les Israéliens de la Palestine.

— Tes lectures et tes prières sont insuffisantes. L'imam m'a parlé d'actes et non de prières. Il m'a bien précisé que le fait de coucher avec sa femme, c'est comme si ce couple avait tué cent israéliens.
— Si l'imam l'a dit, c'est que c'est vrai !!
— Alors qu'est-ce que tu attends pour te mobiliser si tu es une vraie musulmane ?

Hamid fut émerveillé par le sentiment d'extase qui s'empara de son cœur.

R'kia jeta son livre et son chapelet derrière elle.

Ils tinrent un conseil de guerre et analysèrent dans les plus infimes détails les stratégies à adopter, les positions à prendre.

La jeune guerrière, les yeux élargis de ravissement, se dirigea d'un pas décidé vers le champ de bataille.

Un instant après, Hamid enleva ses habits et endossa sa tenue militaire. Une tenue transparente et invisible. Il rejoignit sa compagne de guerre. Ils avaient choisi de mener leur première bataille en plein cœur de Jérusalem.

Quelques minutes avaient suffi aux deux conquérants pour explorer le terrain. Tous les recoins sombres ou reculés furent inspectés rapidement avant le premier assaut. R'kia recommanda à son coéquipier d'opérer doucement, au moins au début.

Quelle bravoure ! Quels exploits ! Quelles prouesses !
En moins d'un quart d'heure, les deux vaillants soldats parvinrent à tuer cent israéliens !

Au cours de la bataille, R'kia n'avait cessé d'encourager son compagnon de guerre. On l'entendait crier de toutes ses forces :
— Oui ! Vas-y ! Comme ça ! Encore, encore ! Fonce !
Elle se sentit pénétrée par l'inégalable vaillance de son compagnon.
Ils étaient essoufflés, en sueur ! Après la fièvre du combat et d'un commun accord, ils s'accordèrent une trêve.

Hamid contemplait sans aucune admiration les pierres érodées des murailles décrépites de la vieille ville de Jérusalem. Le Mur des lamentations, parsemé de touffes d'herbe, ne lui inspira aucune envie. Il aurait bien aimé escalader le Mont des Oliviers, faire une petite virée sur le Mont de la Corruption et celui de la Perdition ; mais, à la guerre comme à la guerre. Il n'avait pas le temps.

Après une courte pause, grâce à leur enthousiasme guerrier, à leur courage, et bien que la bataille fût rude et très épuisante vers la fin, les deux moudjahidines musulmans réussirent tout de même à tuer, cette nuit-là, au moins trois cents soldats israéliens !!
Pour le postier, c'était vraiment un miracle d'avoir tenu le coup.

Le matin, Hamid partit à son travail tout froissé, tout abîmé. Il avait les jambes flageolantes et les muscles mous. La tête bourdonnante, il se déplaçait en titubant. Il n'avait jamais senti si longue la distance qui séparait sa maison du lieu de son travail. Il avait envie de s'allonger, de se reposer, de prendre une douche et de dormir... Il regrettait d'avoir abordé avec sa femme les bienfaits de la sexualité sur la libération de La Palestine. Il regrettait d'avoir lié la copulation des musulmans à la question palestinienne. « Tuer cent Israéliens à chaque coup ! Quelle stupidité ! Et si cette nuit, elle me demande encore de tuer trois cents autres! Non, je n'en peux plus ! Que les Palestiniens se débrouillent seuls et qu'ils me laissent dormir ! ».

Ce fut le jour le plus long dans toute la carrière du postier. Le soir, en quittant son bureau, il se dirigea directement au bar « Le Tit ». Il n'y avait pas beaucoup de clients ce soir-là. Seul Tibari, assis au fond dans la pénombre, fixait d'un regard triste la bouteille de vin à moitié vide tout en grognant des mots incompréhensibles. Hamid décida de boire quelques bières et de rentrer chez lui pour se reposer.

En ouvrant la porte de son appartement, le postier fut douloureusement surpris. R'kia avait déjà endossé sa tenue de guerre et attendait impatiemment son soutien. Elle lui reprocha son retard et son laxisme.

— Il ne faut jamais montrer à l'ennemi que vous allez capituler ! Suis-moi ; je sais où se cache une bonne centaine d'israéliens. Aujourd'hui, c'est moi qui mène l'opération.

Fatigué et docile, Hamid ne montra aucune résistance. R'kia le prit par la main et lui montra le chemin qu'il devait emprunter s'il voulait prendre les Israéliens par surprise. Elle lui conseilla de commencer par visiter la grotte de Sédécias dont l'entrée était facile. Vu l'état en ruine de celle d'Hérodion, elle lui ordonna de ne pas lui accorder d'importance et de s'en éloigner le plus possible. D'ailleurs son accès leur poserait certainement énormément de problèmes. Il fallait donc opérer avec prudence et progresser lentement et doucement.

Avant de se lancer dans la bataille, la guerrière lui prit son fusil pour le contrôler. Elle l'huila, l'astiqua et s'assura qu'il était en bon état de marche.
Elle lui demanda enfin de passer derrière elle.

Une colline plus au moins escarpée se présenta à Hamid. Ce dernier parvint à l'escalader. R'kia lui proposa alors d'aborder l'ennemi par l'est, mais son coéquipier préféra le côté ouest. « L'attaque par l'arrière est plus efficace » lui dit-il.
— Non ! Cet itinéraire est défavorable ! Tu n'as qu'à avancer tout droit. L'étendue broussailleuse te permettra d'avancer sans problème. D'ailleurs aucun soldat ne te barre la route.

La progression fut dure. Il fallait ramper, s'agenouiller, s'arcbouter, faire des détours, se tortiller, se tourner de côté et d'autre. R'kia encourageait son compagnon. Elle avait peur que l'ardeur de celui-ci ne décrût.
Hamid n'en pouvait plus !

Comme son fusil se coinçait souvent et que les balles n'atteignaient plus la cible, le soldat commença à roder dans la brousse en espérant tromper la vigilance de sa compagne, pour biaiser vers l'ouest et visiter l'autre grotte qui était toute proche.

Essoufflée, le souffle accéléré, R'kia lui cria d'abandonner cette idée « d'attaque par l'arrière » et de bien viser avant de tirer.

Après des efforts surhumains, ils finirent par tuer cents israéliens. Le vaillant soldat exhala un profond soupir et s'affala de tout son long. R'kia était inquiète, elle crut que Hamid était touché. Mais quand elle comprit que ce n'était que la conséquence de la fatigue, elle sourit et lui passa ses doigts dans les cheveux. Elle voulait le féliciter pour le merveilleux travail qu'il venait d'accomplir.

Baignant dans sa sueur, le postier se retourna contre le mur et s'apprêta à dormir. Mais R'kia le secoua et lui rappela qu'il fallait encore tuer deux cents autres israéliens.

Sans se retourner Hamid lui répondit en homme à moitié endormi.
— Ecoute madame, si toutes les armées arabes n'ont pas pu libérer la Palestine, je ne vois pas comment deux simples individus comme nous vont pouvoir le faire. Le religieux dont je t'ai parlé, comme beaucoup de ses semblables, n'était qu'un charlatan. Alors, oublie cette p... de libération et dors !
— Qu'est-ce que tu dis ? Lâche ! Sale traître ! Depuis la première bataille, j'ai compris que tu n'étais qu'un pion au service de la CIA et du Mossad. Tu te sers de ton arme comme un novice. Au lieu de viser la grotte qui grouillait d'ennemis, tu cherchais celle qui est rarement visitée, tout en sachant que son accès était difficile. Tu me faisais tant souffrir inutilement. Dors comme toutes les armées arabes ; moi je continuerai mon combat. Je vais donc être obligée de trouver un autre coéquipier.

Une semaine plus tard, comme toutes les alliances arabes, l'union Hamid-Rkia fut rompue. Elle n'avait duré qu'une quinzaine de jours...

Une rencontre insolite

J'aime le café Mazagan. C'est un joli café sur la plage d'El Jadida. Il donne directement sur la mer. Beaucoup de gens le fréquentent, surtout en période estivale. Ils y viennent déguster une consommation tout en surveillant leurs enfants qui jouent sur le sable ou se baignent dans les vaguelettes qui se brisent paresseusement sur le littoral.

Pourquoi je préfère ce café à tous les autres qui se trouvent alignés sur la plage ? Je n'en ai aucune idée. Peut-être l'ai-je choisi pour son nom. Mazagan ! L'ancien nom de la ville. Un nom qui porte en lui toute une histoire. Un nom qui a traversé des périodes difficiles pour venir jusqu'à nous et qui, vieilli et essoufflé par son long voyage, se voit remplacé par celui d'El Jadida (La Nouvelle). Un nouveau nom qui n'a aucun sens dans la mesure où la cité existe depuis des siècles. El Jadida n'est pas nouvelle !!
Peut-être préféré-je ce café, comme d'autres clients, pour la sympathie et le service du personnel. En tout cas, et selon mes propres critères, Mazagan est le lieu où l'on sert le meilleur café, non pas au niveau du goût ou de la qualité, car je ne suis pas un expert en la matière, mais au niveau du service. Voilà pourquoi, chaque fois que je descends en ville, je ne manque jamais de faire un petit détour pour m'asseoir à la terrasse de Mazagan et regarder les estivants se baigner ou jouer au football.

L'autre jour, j'étais donc assis comme d'habitude à la terrasse de ce café. Il y avait beaucoup de monde, surtout de jeunes amoureux. Les têtes bien rapprochées, ils regardaient sur leurs téléphones portables des photos ou des vidéos. D'autres s'admiraient silencieusement en souriant, heureux de se retrouver ensemble après avoir trompé la vigilance d'un père ou d'un frère qui aurait commencé, récemment, à fréquenter les cercles islamiques et qui serait persuadé que la place d'une fille est à la maison et non pas sur une plage avec un jeune homme, et encore moins à la terrasse d'un café. Enfin, il y avait ceux dont les regards trahissaient les sentiments qu'ils éprouvaient les uns pour les autres. Ceux-là se contentaient de se lisser mutuellement et monotonement les cheveux.

A une table d'intervalle de moi, étaient assises deux jeunes femmes qui chuchotaient calmement sans se préoccuper de ce qui se déroulait autour d'elles.

Quelques minutes après, l'une des deux jeunes femmes s'est levée et elle est partie, laissant l'autre toute seule.

Et c'est juste après ce départ que la jeune femme qui était restée m'a fixé de ses beaux yeux. Au début, j'ai cru qu'elle voulait me demander un renseignement, ou tout simplement engager une discussion avec moi, vu qu'elle s'était retrouvée toute seule. De délicieuses scènes ont commencé à envahir mon esprit.

Mais, timide par nature, et persuadé qu'un homme âgé comme moi n'avait plus aucune chance auprès des femmes et qu'il en avait fini depuis longtemps avec le beau sexe, j'ai chassé certaines idées de mon esprit en détournant mon regard pour suivre un chalutier de pêche, escorté par une nuée de mouettes. Le petit bateau rentrait au port.

Instinctivement, mon regard, comme la limaille attirée par un aimant, revenait sur la jeune femme aux beaux yeux. Elle était belle ! Très belle même ! Enfin, le modèle de la beauté selon mes humbles critères.

Son regard me troublait, me gênait. J'avais chaud. Pourquoi me fixait-elle ainsi ? Me connaissait-elle ? Etait-ce l'une de mes ex-élèves dont malheureusement je ne me souvenais plus ?

Généralement, j'ai toujours un livre avec moi, dont la lecture m'empêche de dévisager les clients ou de m'intéresser à ce qu'ils font. Chose qui d'ailleurs ne me regarde en aucune manière.

J'ai décidé une seconde fois de regarder ailleurs. Des joueurs de football criaient sur l'arbitre parce que ce dernier les avait privés d'un pénalty flagrant. Une femme était en train de laver les pieds de son fils qui venait de remonter de la mer. Le gamin pleurnichait. Sa maman lui expliquait qu'il se faisait tard et qu'il était temps de rentrer à la maison. Mais le gamin, non convaincu, continuait à braire en insistant qu'il voulait revenir une dernière fois sur le sable pour jouer.

La jeune femme me fixait toujours de ses beaux yeux noirs.

Ma curiosité ne supportant plus cette situation, j'ai ramassé mes cigarettes et le peu de courage dont je disposais, et je me suis planté devant elle.

— Bonjour madame ! Est-ce que vous me connaissez ? lui ai-je demandé.

Oui, je sais. Certains vont me dire que ce n'est pas une façon d'aborder une femme. Et surtout, si elle est belle. Je vous l'accorde. J'ai toujours eu des difficultés à trouver les belles phrases pour parler aux femmes. D'ailleurs les rares, soi-disant, conquêtes que j'ai remportées, étaient dues à un coup de chance, à un accident, et souvent à un malentendu…

La femme a détourné la tête avant de me répondre :

— Non monsieur ! Et vous ? Me connaissez-vous ?

Je lui ai répondu :

— Pas du tout ! Je ne vous ai jamais vue.

Je me suis dit : si elle ne me connaît pas comme elle le prétend, c'est qu'elle a sûrement quelque chose à me dire. Et qui sait ? Peut-être serait-elle contente en ma compagnie.

J'ai ajouté :

— Puis-je m'asseoir à côté de vous ?

— Si vous voulez !

J'ai pris alors une chaise et je me suis assis en face d'elle.

Elle ne me regardait plus.

— Vous savez monsieur, ce temps est propice à la rêverie. J'étais sans doute en train de penser à quelque chose et vous avez cru que je vous regardais.

J'ai appris qu'elle était de passage à El Jadida.

— Comme à Béni Mellal il fait une chaleur insupportable, nous avons décidé, ma sœur et moi, de venir passer une dizaine de jours ici au bord de la mer.

Elles louaient une chambre dans l'ancienne médina. Elles devaient repartir le jour suivant.

J'aurais bien voulu l'inviter à rester quelques jours supplémentaires afin de pouvoir nous rencontrer à nouveau et faire plus connaissance. Mais comme je n'ai jamais réussi à imposer ma volonté à quelqu'un, je me suis dit que je ne pouvais pas commencer par une femme.

Elle souriait en m'écoutant et en hochant la tête de droite à gauche pour me signifier que c'était impossible.

— Peut-être nous rencontrerons-nous l'année prochaine.

A ce moment, sa sœur est arrivée. Elle m'a salué. Sans s'asseoir, elle a dit à la jeune femme :

— Nous partons ?

— Oui bien sûr ! Nous avons juste le temps de ramasser nos affaires.

La jeune femme s'est levée et m'a tendu une main blanche et fragile.

— Au revoir monsieur !

Elle a ajouté :

— Pardonnez mon indiscrétion ! Vous avez quel âge monsieur ?

— Soixante-cinq ans !

— Moi, j'en ai trente-trois ! Tenez monsieur, j'allais oublier : tout à l'heure je ne vous regardais pas parce que je ne peux pas voir. Je suis Aveugle !

Elle a éclaté de rire en ajoutant :

— Il y a des moments où je donnerais cher pour voir la réaction des hommes quand ils apprennent que je suis aveugle !

Sonné ! Désorienté ! Bouleversé !

Emotif comme je le suis, je risquerais de commencer à pleurer si je continuais à lire la suite de cette triste histoire.

J'ai donc fermé mon roman, payé ma consommation et je me suis levé pour rentrer à la maison.

A une table d'intervalle de moi, étaient assises deux jeunes femmes qui discutaient calmement sans se préoccuper de ce qui se passait autour d'elles.

Sommaire

L'âne amoureux 7

Une guerre œdipienne 21

Le relais 39

Le grand mensonge 51

Les deux fesses 73

Le meilleur ami 85

Dur de tuer le temps quand on est vieux 105

La femme qui voulait libérer la Palestine 113

Une rencontre insolite 123